新潮文庫

猫を拾いに

川上弘美著

新潮社版

10927

猫を拾いに　目次

朝顔のピアス 9
ハイム鯖 20
ぞうげ色で、つめたくて 34
誕生日の夜 47
はにわ 58
新年のお客 74
トンボ玉 91
ひでちゃんの話 101
真面目な二人 112
猫を拾いに 124
まっさおな部屋 137

ミンミン　149
クリスマス・コンサート　163
旅は、無料　177
ピーカン　190
うみのしーる　206
金色の道　221
九月の精霊　235
ラッキーカラーは黄　249
ホットココアにチョコレート　264
信長、よーじや、阿闍梨餅　279
解説　壇　蜜　295

猫を拾いに

朝顔のピアス

次の仕事が決まった。

ラブレター、である。

二年前に結婚してから、この仕事を始めた。仕事といっても、フルタイムのものではない。パートタイムというほどのものでもない。注文がきてから始まる、そういう不定期のあやふやなものである。

不定期のあやふやなので、職種は、と聞かれると困る。清掃業だの、事務職だの、鳶職《とびしょく》だの、接客業だのという、定義づけのできる人口に膾炙《かいしゃ》した仕事ではない。あえて名づけるなら、「文章業」とでも言えばいいか。

ただしそれは、何かを取材して文章を書く「ライター」の人たちの仕事とは違うし、詩や小説やエッセイを書く「創作家」というものとも違うし、辞書や事典をつくるような仕事とも違う。

たった一人の人にしか役に立たない文章。

そういう文章を書くのが、わたしの仕事なのである。

大学生のためのレポート書きが、この仕事の中ではいちばん多く来る注文だけれど、それ以外にも、さまざまな種類の、時に思いもよらない注文がある。

ラブレターは、久しぶりである。


クライアントとは、直接会わないようにしている。

今回も、メールで諸条件を伝えてもらった。

送り主の歳《とし》は、三十六。男性。既婚。職業は技術系の会社員。

送る相手の歳は、六十五歳。女性。三年前に夫を亡《な》くし、今は一人住まい。娘が二人いて、すでに結婚している。趣味はバドミントン。

相手の方と二人きりで会ったことは、何回ありますか。

という質問をすると、
三回です。

という返事が、すぐにきた。

自分の二倍近い年齢の女の人に、今まで三回デートをした既婚者の男の人が出す、ラブレター。

かなり難しい注文だが、もっと奇態《きたい》な注文だって、今までにはあったのだ。

自分が死んだ後の墓にきざみつける警句をつくってほしい。

自分が主人公の小説を書いてほしい。その主人公は、新宿警察の捜査二課長であること。

ひそかに憎んでいる夫を、徹頭徹尾罵倒《ばとう》する文章を書いてほしい。繰り返し読んですっきりしたいので。

どれもかなり難しかったが、苦心して完成させた。捜査二課長は小説の中で大活躍したすえ大怪我《おおけが》を負ったが、犯人を無事逮捕できたし、ぴりっとした警句も思いついた。

一番難しかったのは、夫の罵倒だった。メールに箇条書きにして送ってきた「夫のいやなところ」を、どんなふうに誇張して書いてみても、そのクライアントは満足してくれないのだった。

「いかに激しい悪口を書いてくれても、それはわたしの心を鎮《しず》めないのです」

という、そのクライアントのメールの言葉を、今でも覚えている。

この仕事は、楽なものではない。あまりお金にもならない。難しい仕事が一つ終わると、わたしは花の種を買ってきてベランダのプランターに蒔《ま》く。今咲いているのは、クリスマスローズだ。うすむらさきのと、白いのと、うすみどりのものが、きれいに咲きそろっている。

文章を書く時には、「クライアントその人」になったつもりで書く。ただし「その人」がどんな人なのだかを知る手がかりは、「その人」からもらうメールにしかない。

メールの文章の語尾の特徴。時候の挨拶《あいさつ》をするかどうか。用件以外のひとことを入れるタイプかどうか。文章の区切りかたはどんなふうか。文字のフォントはどんなか。たったそれだけのことから、「その人」の人となりを読み取るのは、かなり難しいことだ。

メールでこみいった仕事の指示ができるくらいの筆力を持っているのだから、いっそのこと「その人」自身が文章を書けばいいのに、ということを思う時もある。けれど、ある時から、なんとなくわかるようになった。たぶん、「その人」たちは、すでに自分で文章を書いてみているにちがいない。

でも、だめなのだ。

たとえば、夫の悪口を注文してきた人。

夫のことを知らない者が書いたものよりも、自身で書いた悪口の方が、どう考えても臨場感も切迫感もあるはずだ。

けれど「その人」は、もしかすると、自分自身の書いたものの持つ臨場感や切迫感が、うっとうしいのではないか。

そのままのもの。

むきだしのもの。

容赦ない真実。

そんなものを、「その人」たちはきっと、見たくないのだ。

ラブレターは、なかなか進まなかった。

まず、相手の名前がわからないことがネックだった。○○さん。そういうふうに空白を宛《あ》てて書くこともできるのだろうが、こころもとない。どうにも想像がふくらまない。

恵子さん、という名を勝手につけることにした。

恵子さんは、髪の短い人だ。白髪染めはしない主義。姿勢がよくて、ピアスが似合う。すでに高校生の頃にピアスの穴はあけていた。当時日本でピアスの穴をあけている女の子はめったにいなかったが、アメリカ帰りの友だちに影響されたのだ。

バドミントンはペアではなくシングルが得意。ねばる防御ではなく、積極的な攻撃が好き。

亡くなった夫との仲は円満だった。小説はほとんど読まない。料理が上手。テレビは深夜のマイナーなお笑い番組をよく見る。夜更《よふ》かしの朝ねぼうである。

という「恵子さん像」をつくって、ラブレターを書いてみた。

クライアントの方は、「内向的だが仕事はできる」というくらいの、曖昧《あいまい》な像にしておく。

ようやく書き上げたラブレターをクライアントにメールすると、一日後に返事がきた。

「彼女は早起きです」

深夜のマイナーなお笑いはやめにして、ラジオの基礎英語をこつこつ聴いていることとにする。

また一日後に返事がきた。

「彼女は外国が嫌いです」

朝の俳句講座と短歌講座を見ていることにする。

「彼女はもっと奔放です」

奔放で、かつ俳句と短歌が好きな女もいるのではないかと思ったが、クライアントには逆らえない。

四回書き直して、ようやく了解が出た。

ラブレターのクライアントからは、後日メールがきた。

「結局交際を断られました。長女の家に身を寄せることになったそうです。恋愛は難しいです」

というものだった。

三十六歳既婚にして六十五歳寡婦《かふ》を好きになるという、今は亡きマルグリット・デュラスとその年下の恋人のような、あるいはいっそのこと明確な詐欺《さぎ》目当てのような、どちらとも判然としない、けれどそれなりに大胆な行為をたくらむ男にしては、素朴な結末と感想である。

この仕事は、文章を書きはじめる前、クライアントやその周辺について想像をたくましくしている時が、いちばん楽しい。

実際にクライアントに会ってみれば、それがいくら奇態な注文をする人だったとしても、存外平凡な人であるにちがいない。

クリスマスローズの季節は、そろそろ終わりだ。次に蒔く花の種を用意しなければ。

クライアントに会ったことはないと言ったが、この前ひょんなことから、ラブレターの宛て先の相手らしき人を見た。

その人は、銀色の短い髪をきれいにカットしている、姿勢のいい女の人だった。歳の頃は六十と少し。ほとんどメイクをしていないつややかな肌に、くちべにだけはきれいな色をひいている。

大きなポケットのついたコートを腕にかけ、電車の吊《つ》り革につかまっていた。コートのポケットからは、封筒の一部がのぞいている。

「どうぞ」

席を譲ろうとすると、にっこりとして首を横にふった。

「すぐに降ります」

照れかくしのように、その人は体を揺らした。コートも揺れ、勢いでポケットから封筒が落ちた。

かがんで拾った拍子に、差出人の名前がみえた。

この前の、ラブレターのクライアントの名前だった。

驚いて、思わずまじまじと「恵子さん」を眺めやった。

「恵子さん」は、封筒をはたいている。それから、今度はコートのポケットではなく、かばんに封筒をしまった。

「大事なものなんですか」

聞くと、「恵子さん」はしばらく迷っていたが、

「そうでもないわ。大事なものなんて、そんなには、ないわ」

と答えた。

初対面の人間の、多少ぶしつけな質問に、そんなふうにきちんと答えてくれた「恵子さん」は、想像した「恵子さん」と、かなり近い印象の人だった。

「恵子さん」は、次の駅で降りていった。

「恵子さん」と別れたあと、ぼんやりとしたさみしさがやってきた。
「恵子さん」の、
「大事なものなんて、そんなには、ないわ」
という言葉のせいかもしれない。
自分のためのラブレターを書いてみようと、急に思いついた。
けれど、誰に宛てればいいのか、わからなかった。
いろいろ考えて、結局は夫に書くことにした。
三時間近く唸《うな》ったすえ、こんな文章になった。

結婚してよかったです。
長生きしてください。
好きです。
長生きしてください、くれぐれも。

いつもクライアントに用意するような、意表をついた表現や、多少は気のきいた比《ひ》喩《ゆ》は、ぜんぜん思いつけなかった。

そういうものなのかもしれないと思いながら、きちんと便箋《びんせん》に清書して、封筒に入れ、封をした。

むろん夫にはこのラブレターは出さない。

ひきだしの奥にしまっておいて、夫が出張や接待でいない寒い夜に、毛布にくるまって封筒の外づらを眺めるのだ。

いつか、自分が書いたこの素朴な文章をすっかり忘れ去ってしまう時を待ちながら、何回も眺めるのだ。

暖かくなったら朝顔の種を蒔こう。去年の夏の終わりに、川っぷちの空き地で採った種だ。空色の小さな花が咲く。大事なものなんて、そうだ、そんなには、ないのだ。

「恵子さん」のピアスは、朝顔の色に似た、きれいな空色だった。

ハイム鯖《さば》

続木《つづき》くんに連れられて行ったそこは、「ハイム鯖」という名のマンションだった。

「なんか、不思議な名前だね」

あたしが聞くと、続木くんはいつものぼうっとした様子で、

「そういえばそうだね。はじめて、気づいた」

と答えた。階段をのぼってゆき、「ハイム鯖」の二階の突き当たりの部屋の前まで行くと、続木くんはピンポンも押さずに扉を開けた。

「連れてきたよー」

奥に向かって声をかける。

あたしは身構えた。

「連れてきた」なんて、もしかしたらこれは何かのセールスか、宗教勧誘関係か、妙

なセミナーか何か、なんじゃないかと思って。

続木くんは、大学の映画研究会の仲間だ。映研には、自主制作のフィルムを撮るグループと、そうでないグループの、大きくわけて二つの派がある。続木くんは監督志望なので、撮る方のグループ。あたしは、見て楽しむ方なので、そうではない派。同じサークルに属していても、その二つの派の間にはあんまり交流はない。でもあたしは、一年生の時から続木くんとけっこう近しい。続木くんの撮った十五分間の短いフィルムに、あたしが主演したからだ。

主演したといっても、フィルムの大部分は、ホットケーキが焼き上がるまでの様子を執拗《しつよう》に微細に近距離で撮影した、というしろものだった。冒頭としまいの方に、わずかに画面に顔を出すよくわからない女、というのがあたしの役だった。

あたしの出演部分の撮影は、ほんの二時間ほどで終わった。いっぽうのホットケーキについては、一週間つきっきりでようやく撮影を終えた、というのは、後に聞いた話だ。

フィルムは、アマチュアの自主制作映画祭に出品された。そこで「審査員特別賞」を受賞し、続木くんはいちやく映研の有名人となった。主演女優のあたしには、格別な役得はなかった。続木くんは、有名になってからも、変わらずぼうっとしていた。

「ハイム鯖」へ行ったのは、ホットケーキがきっかけだった。

映画祭での受賞から、すでに一年以上がたっていた。続木くんとはめったに会う機会はなかったけれど、久しぶりのサークルの飲み会で、あたしは続木くんの隣に座ったのである。

「そういえば、サークル全体で集まって飲むのって、はじめてだね」

いつもの飲み会よりもずっと人が多くて、なんだかやたらにざわざわしていて、あたしは落ちつかなかった。

「昔は、フィルム制作派と、鑑賞派とは、分派してなかったらしいんだ」

続木くんは教えてくれた。今の映研は二大派閥に分裂してしまっているけれど、以前はもっと混じりあって全体で行動していたというのだ。

「でも、十年くらい前に、内部分裂が起こった」

内部分裂って、そんなものが起こるほどのご大層なサークルじゃないのに。あたしが笑うと、続木くんも笑った。

「まあ、フィルムを撮ろうなんていう、頭に血がのぼったような奴《やつ》らは、たいがいが大げさなタイプだから」

鑑賞だけをしているなんて、ぬるい！

フィルム派は主張し、
アートぶって、えらそうな！

と、鑑賞派は反撥《はんぱつ》したらしい。

「で、全体飲み会は、開かれなくなった」

続木くんは締めくくった。

「それ以来、二大派閥は敵対してるの」

あたしが聞くと、続木くんは首を横にふった。

「いや。飲み会がなくなっただけ。どんどん新入生とか入ってきて、どっちでもよくなって、それで今は適当に棲《す》み分けて、でも敵対とかはしてない」

ふうん、とあたしは言った。そういう、昔からの歴史、のようなものをよく知っている続木くん自身も、なんだか「アート好き」な匂《にお》いがした。

「それより、あのホットケーキ、おいしそうだったね」

あたしが主演したフィルムのホットケーキは、ぽってりと厚ぼったくって、なかみはふわふわした黄色で、表面は茶色くきれいに色がついていて、ほんとうにおいしそうだったのだ。

「今度、食べてみる」

続木くんは聞いた。あたしはもちろん大きく頷《うなず》いた。

「じゃ、次の土曜日に、あのホットケーキを作る奴のところへ連れてってやるよ」

というわけで、あたしは「ハイム鯖」に続木くんと一緒に来たのである。

「ハイム鯖」の二階の部屋の奥から出てきたのは、背の高い男の子だった。

「あっ」

あたしの顔を見たとたんに、男の子は言った。

「何か、へんですか」

あたしは聞いた。人の顔を見たとたんに息をのむなんて、と、少しばかりむっとしたのである。

「気にしないで。こいつ、初対面の人には、いつもこうだから」

続木くんがのんびりと横から言った。

男の子は、やたらにまばたきをしている。あたしの方をまっすぐに見ようとせず、足もとばかりを見ている。背が高いので、その視線は足までは届かず、もっと上の、お腹《なか》あたりに注がれているようにみえる。

「ホットケーキ、作ってやってよ」

続木くんは男の子に言った。男の子は頷き、早足で奥へ戻っていった。あたしたちも後につづく。

短い廊下を抜けると、そこは小さな1DKの空間だった。さっぱりと片づいて何もないキッチンには、ガスこんろが一つあり、その上に使いこんだ感じの鉄のフライパンが乗っている。

男の子は、流しの横の引き出しから、小麦粉の袋とベーキングパウダーの小さな円筒形の缶を取り出した。続いて冷蔵庫から、牛乳と卵を。引き出しにも冷蔵庫にも、そのほかのものはほとんど入っていなかった。ががらの、すかすか。

男の子は、銀色のボウルの中で材料をまぜ、フライパンを弱火にかけた。まぜた種をフライパンよりもずいぶん上の方からたらたらと流しこみ、そのままつっ立っている。

「こいつ、求太《きゅうた》」

続木くんがそう言って男の子をあたしに紹介しようとしたが、「求太」は見向きもしない。ただフライパンをじいっと見つめ、かたまったように立っている。

「この人は、マミちゃん」

求太くんの無視をものともせず、続木くんは言った。求太くんはやっぱり微動だにしない。あっけにとられていると、求太くんは突然、

「はっ」

と言い、ホットケーキをひっくりかえした。それから、いそいでフライパンに蓋《ふた》をするのだった。

白い紙皿の上には、こんがりときつね色に焼けたホットケーキがのっかっている。紙皿の手前には、わりばしが一ぜん。注意深く、求太くんは四角くきりとったバターをホットケーキの上にのせ、メープルシロップをたらりとかけた。それから、小さな声で、

「どうぞ」

と言った。

映画では、できあがってゆくホットケーキを、克明《こくめい》に舐《な》めるようにカメラが追っていたので、ホットケーキが完全に焼けるまでにはずいぶん時間がかかったように感じられたけれど、こうやって目の前で焼いてもらうと、あっという間だった。

わりばしで食べなければならないことには閉口したけれど、ホットケーキはとてもおいしかった。

食べているのはあたしだけで、続木くんも求太くんもただそこに座っている。

「見られると、食べにくい」

あたしが言うと、続木くんは立ち上がってとぽとぽと部屋の隅に行き、棚にさしてあった雑誌をめくりはじめた。でも求太くんはじいっとあたしの手もとを見つづけていた。

「ホットケーキ作るの、上手ですね」

なんとか求太くんの視線をそらせたいと思って、あたしは話しかけてみた。けれど求太くんは一言も口をきこうとしない。ただただじいっと、あたしの手もとを見つめている。

「あの」

あたしはついに食べる手を止めた。そんなに見ないでください。今しもそう言おうとした刹那《せつな》、求太くんは小さな声で命じた。

「メープルシロップがしみこみすぎます。あと、バターの味がどんどんぼやけます。お願いですから、食べるのを止《や》めないでください」

あたしはあっけにとられた。どこかのこだわりラーメン屋の親父《おやじ》みたいだと思った。

「続木くん」

あたしは助けを求めた。続木くんは少し顔を上げたが、ただにこにこしているだけで、あまり役に立ってくれそうにない。

しかたない、少しでも早くこのこうるさいホットケーキ屋の親父もどきから逃れようと、あたしはホットケーキを大きくわりばしできりとった。いそいで口いっぱいに入れ、もぐもぐ噛《か》む。これじゃあ飲みくだすだけで手一杯、おいしいもおいしくないも、ないものだ。

そんなふうにして、あたしがようやく食べおえると、求太くんがまた小さな声で言った。

「そんなにいそいで食べても、喉《のど》がつまるだけです」

あたしは、がばりと立ち上がった。空になった紙皿をくしゃりとたたみ、わりばしを半分にぽきりと折り、ごみ箱に投げ捨てた。それから、走って部屋を飛び出した。

誰も、追いかけてこなかった。

続木くんに次に会ったのは、二ヵ月くらいたってからのことだった。

「フィルムのロケハンに飛びまわってたんだ」
サークル部屋のがたぴしした椅子《いす》に座って、続木くんはぽそぽそと言った。誰も続木くん
部屋にいたのは、「フィルム派」ではなく「鑑賞派」ばかりだった。誰も続木くん
の言葉を受けようとしないので、この前のホットケーキのことはまだ釈然としなかっ
たのだけれど、しかたなくあたしは聞いた。
「どのへん」
「いろいろ」
次の映画は、がんもどきの製造工程を克明に撮るつもりなのだと、続木くんは嬉《うれ》し
そうに説明した。
「だから、またいいキッチンが必要になるんだ」
ホットケーキの次は、がんもどき。柳の下のどじょう、という言葉を、あたしは思
い出した。
「求太くんのところじゃ、だめなの」
「あいつは、ホットケーキ専門。ホットケーキ以外、いっさい作ったことはないって。
食事は全部、外食」
求太くんのキッチンの、冷徹に片づいた感じを、あたしは思い出した。あったのは、

ガスこんろが一つにフライパン、冷蔵庫の中の卵と牛乳、引き出しの中の粉二種類、それにバターとメープルシロップ。ただそれだけだった。全部の引き出しをたしかめてみたわけではないから絶対とは言えないけれど、たぶんあのキッチンにはホットケーキに関するもの以外何もないという確信が、なぜだかあたしにはあった。

「あれ、求太にとっては切実なホットケーキなんだ」

続木くんは、のったりと言った。切実、という言葉と、続木くんののったりしたもの言いが、ちぐはぐである。

切実って、どんなふうに。続木くんにあたしは聞いた。

「母親が死ぬまぎわに作ってくれたホットケーキの味を再現してるんだってさ」

そ、それは。あたしはちょっと顎《あご》をひいた。か、感動的なホットケーキなんだね。

「で、母親っていうのは、求太がホットケーキを食べた直後、追いかけてもふり向いてくれない近所の大学生と、無理心中したんだって」

そ、それは。あたしはさらに顎をひいた。す、すごい母親なんだね。

「ふつう女の側からは、無理心中するのはなかなか難しいらしいんだけど、ホットケーキに眠り薬を入れて、求太と学生に一緒に食べさせて、それでそのあと学生をめった刺しにして、自分も喉切ったんだって」

そ、それは。あたしはもう顎をひく余地もなくなって、ただぱちぱちとまばたきをするばかりだった。

「母親は求太を寝室に運んで、それからおもむろに心中したらしい。で、求太が目を覚ました時には全部始末も終わってたって。自分に現場を見せないようにしたのは、母親の思いやりだったって、あいつ、言ってた」

思いやり。あたしは小さな声で言った。

求太くんが、じいっとフライパンを見つめていた様子を、あたしは思い出した。それから、ホットケーキをひっくりかえした時の、「はっ」という声も。

「た、たいへんだったんだね」

あたしはようやくのことで、そう言った。続木くんはのったりと、

「うん、たいへんだったみたい」

と答え、あくびをした。

二年後に、あたしは大学を卒業した。映画配給会社に就職して、今年でもう五年めだ。

「ハイム鯖」でのことと、求太くんの母親の話は、今もときどき思い出す。思い出し

てどう、ということではないのだけれど、ぜんたいに妙な話だった。

何がいちばん妙なのか、今になってもよくわからないところが、妙なのだ。

求太くんの母親がまず妙だし、母親のホットケーキの味を追いもとめる求太くんも妙だし、そういうことをひっくるめた全体に平然と対していた続木くんも妙だった。

もしかすると、薬を飲まされた求太くん自身だって心中の道連れになった可能性があったのだと、あたしは考えている。

ともかく、こわい話だった。

でも、実はあたしがいちばん気にかかっているのは、求太くんやその母親や続木くんではないのだ。なんといっても、求太くんの物語はあたしの物語ではない。それがどんなに大変な物語だったとしても、あたしは他人の物語を解きほぐすことなんて、できない。

それよりも、あたしがしきりに思い出すのは、求太くんの住んでいた「ハイム鯖」にあった、アレのことなのだ。

「ハイム鯖」の、求太くんの小さなキッチンにあった道具は、ガスこんろが一つと、鉄のフライパンが一つ、銀色のボウルが一つ。ホットケーキのために必要な道具は、それでじゅうぶんなはずだ。

けれど、あたしは見逃さなかったのだ。

ガスこんろの横、流しのすぐ脇《わき》の、アレを。

アレ。ようく使いこんだ、大根おろしの板である。

プラスチックの、白い、スライサーも兼ねたごく平凡な大根おろしの板。

ホットケーキ以外には求太くんはいっさいの料理をしない、と、続木くんは言っていた。それじゃあ、あの使いこんだ大根おろしを、求太くんは何に使っていたの。

謎《なぞ》とは言えないくらいの小さな謎だ。でもあたしは、眠られぬ夜に、満員電車の中で押されている苦しい一瞬に、酔っぱらってもうろうとした頭の片隅で、いつもあの大根おろしの板について考えてしまうのだ。

続木くんとは、卒業以来ずっと会っていない。がんもどきのフィルムは、柳の下の二匹めのどじょうにはならなかったらしい。続木くんはその後フィルムを撮らなくなってしまった。求太くんは、あのあとアメリカの東海岸に渡って、パンケーキ屋で働いているそうだ。「ハイム鯖」は、少し前にとりこわされた。今では新しい五階建てのマンションになって、でもあいかわらず名前は、「ハイム鯖」のままである。

ぞうげ色で、つめたくて

あのひとは、わたしのことを「きぬさん」と呼んだ。最初から「きぬさん」で、最後まで「きぬさん」だった。

名字で「峰口《みねぐち》さん」でもなく、名前ぜんたいの「衣世《きぬよ》」でもなく、「きぬさん」。明治の小説に出てくる女のようで、わたしは少しばかり気恥ずかしかった。でもあのひとにそう呼ばれるのは、すきだった。

丹二《たんじ》さんのことを、あのひとは何と呼んでいたのだろう。聞いたことは確かにあるはずなのに、どうしても思い出せないのだ。

東京からこうして「のぞみ」に乗れば、京都までは二時間と少しで着いてしまう。二十代のころは、京都に行くのに高速バスを使っていた。新宿を夜に出て、京都には午前中に着いた。最初のころは、どうしてもバスの中で眠ることができず、明けてゆく山並みをいつも茫然《ぼうぜん》と眺めたものだった。

日本って、山だらけだ。

まっくらでべったりとしていた山肌が、ほのあかるく色づいてゆくのを見ながら、そんなふうに思ったりした。

三十代になってからは「ひかり」に乗る余裕もでき、そのうちにいつの間にか、「ひかり」よりも運賃の高い「のぞみ」の切符を、気にせずもとめられるようになった。

時間がたったのだなあと、思う。

丹二さんは、あのひとの弟だ。

あのひとが亡《な》くなった五月に、毎年わたしは京都を訪れる。まず一人でお墓に参り、それから丹二さんとの待ち合わせの喫茶店に向かう。

喫茶店は、八坂《やさか》神社の裏手にある小さなお店だ。

丹二さんは、あのひとにあまり似ていない。室町時代のお雛《ひな》さまみたいな顔でしょ、と、あのひとは自分のことを表現して笑ったものだった。うすいつくりの、小刀で削《そ》いだような、めはなだち。頬は青ざめ、感情が高ぶると薄く朱がさした。弟の丹二さんは、眉《まゆ》がこく目はふたえ、おれは縄文系なんだよと、丹二さんは言う。声だって丹二さんは、あのひとのようなすずしい声ではなく、お腹《なか》の底からわき出てくるような元気いっぱいの声である。

笑い顔だけが、似ている。

ほそめた目と、頬に縦にはしる笑いじわ。幸福そうな笑い声も、そっくりだ。ふつうの声はずいぶん違っているのに。

喫茶店では、わたしも丹二さんも「昼定食」を注文する。かやくごはんに、さわらを焼いたもの、白味噌《しろみそ》のおみそしるに、季節のおひたし。香の物はたいがい、しば漬けだ。それに、もちろんコーヒー。

あのひとは、このお店が好きだったそうだ。生きている時には、連れてきてもらったことはない。

「たあ坊って呼ばれてたかなあ」

というのが、あのひとからの呼ばれかたを聞いた時の、丹二さんの答えだった。

「ずっと？」

「いや、大きくなってからは、おい、とか、あのさ、とかですませて、名前はほとんど呼ばれなかった」

丹二さんは硬い音をたてて、しば漬けを噛《か》んだ。

「衣世さんのことは、きぬさん、だったね」

丹二さんはつぶやいた。あのひとの言いかたとは違う、「きぬさん」。

もうあのひとの声は、かすかにしか覚えていない。ただ、こうやって、違う言いかた違う声で同じ呼ばれかたをした時にだけ、思い出す。

あのひとが、わたしと丹二さんの関係に気づいたのは、関係ができてからじきのことだった。

なじられて、すぐにわたしは認め、謝った。それから、あのひとに、別れてほしいと頼んだ。

「弟とも、二度と会わないと約束するなら」

あのひとは言った。

わたしは約束を守った。その一年後に、あのひとが亡くなるまでは。

嵐《あらし》の日に和歌山の海辺で高波にさらわれて、あのひとは亡くなった。釣りをしていたのだ。

「釣りで死ぬなんて、まったく」

お通夜《つや》の席で、あのひとのお父さんは、そんな軽口めいた言いかたをして泣いた。お母さんは、わたしと絶対に目をあわせようとしなかった。

わたしと別れたせいで、あのひとが亡くなったというわけではない。そんなことで世をはかなんで死ぬようなひとではなかった。顔はお雛さまだったけれど、あのひとの心根《こころね》は、たいそう頑丈ですこやかだった。

もっと若いころは考えたこともなかったのだけれど、このごろしきりにわたしは、自分が「女」だと感じる。

わたしの髪は短い。洗ったあとすぐに乾かせるように。

着る服はたいがい黒っぽいタイトな長めのスカートに白いシャツ、足もとはブーツかシンプルな黒。

大きなかばんを持ち歩き、歩幅は広い。時計は男もので、メイクは五分で済ます。

ことさらに自分の「女」っぽいところを排除しようとしたのではなく、忙しい仕事にいちばん都合いいように自分をつくってきたら、こうなったのだ。

土曜日にはテニスをする。日曜日は安息日としているけれど、何やかやで出かけることも多い。わたしには友だちがたくさんいる。女も、男も、同じくらい。

恋は、あのひとが亡くなってからは、うすくいくつも、した。

こんなに「女」なのに、丹二さんと会う時だけ、わたしは自分が「女」だということを上手に忘れる。そういうことは、「女」ならば、誰にだってできることなのだ。

喫茶店を出たあとは、八坂神社を散歩する。

丹二さんは、一回結婚をして数年後に離婚した。子供はいない。

丹二さんが結婚している間も、わたしは毎年京都にお墓参りにきた。丹二さんに会うこともあったし、会わない年もあった。

夜まで一緒に過ごすことは、ない。散歩をして、ベンチで休んで、また歩いて、まだ夕刻になる前に丹二さんは帰ってゆく。

手もつながないし、お互いに立ち入った話もしない。

だんだんに話すことがなくなると、わたしはテニスの話、丹二さんは自転車の話をする。丹二さんはこの数年、自転車に凝《こ》っているのだ。通勤もむろん自転車で、休みの日には滋賀のあたりまで遠出をすることもあるそうだ。

「この前、和歌山に行ってきた」

丹二さんは言った。

「にいちゃんが死んだ浜にも行ってきた。あいかわらず、たくさん釣り客がいた。一泊しておれも魚食ってきた」

「おいしかった？」

「にいちゃん、肉が好きだったのに、どうして釣りなんかしたんだろう」

わたしの問いには答えず、丹二さんはあっさりした調子で、そんなことをつぶやいていた。

今年わたしは、少しだけ、丹二さんの手を握ってみた。

「あったかい」

「代謝《たいしゃ》がいいんだ」

「何年たったっけ」

「今年、十七回忌だ」

丹二さんは、きちんと握り返してくれた。強くもなく、弱くもなく、さらさらと。

あのひとよりも、わたしは丹二さんの方を、好きになってしまったのだ。

丹二さんも、わたしのことを痛切に好きだった。

すぐにわたしたちには、そのことがわかってしまったのだ。関係ができるより、ずいぶんと前から。

あのひとと別れてからきっちり一年間、二人で会わずに自分たちをおさえることができたあとに、丹二さんとわたしが会うことをあのひとに許してもらおうと、わたしたちは考えていたのだ。

でもその直前に、あのひとは亡くなった。

「意地悪するために死んだんじゃないから、にいちゃんは」

三回忌のころ、丹二さんは言っていた。自分に言い聞かせるように。

「うん。ぜんぜん意地悪なところのないひとだった」

「でも間の悪いやつだった」

「そうだね。どうして台風の翌日に釣りに行くかな」

哲学の道を、わたしたちは歩いている。手はもう握っていない。ほんの瞬間だったのだ。

丹二さんも白髪《しらが》がふえたな、と思う。わたしも同じだ。白髪染めは、しない。短い髪に、銀色や灰色のものがきれいにまじって、だんだんわたしは年を経てゆく。「女」

がふかまってゆく。

京都の夜は、いつも聖美《きよみ》と過ごす。

一人で過ごすと、丹二さんに電話をしてしまいそうだから。

東京でなら丹二さんを忘れていられるのに、京都では近すぎるのだ。

「なあ、ふかまって、その『女』は、どうなるん」

聖美が聞いた。川端通にある小さな居酒屋で、わたしたちは飲む。丸干しのとても
おいしいお店だ。こちこちしていない、たっぷりと太った丸干しいわし。

「そうだなあ、なんかこう、そのうち、消えるのかも」

「消えるん、さみしいなあ」

「そうでもない。そんなたいしたもんじゃないから」

「その『女』て、どんなかたちしてるん」

聖美にそう聞かれ、わたしはしばらく「女」のかたちをいろいろに想像してみた。

色は、ぞうげ色。

かたちは、こんぺいとうに少し似たもの。でももっと、とげとげが少ない。

においは、ない。

さわってみると、あんがいひんやりしている。大きさは、てのひらに握りこめるくらい。

「へんなの」

聖美は笑った。

「ほんで明日また、駅弁買うの」

京都での最後に、わたしは必ず駅弁を買うことにしている。新幹線で駅弁を余さず食べ終えてはじめて、その年の京都行きは、わたしの中で終わるのだ。東京へ戻ってゆくための、それは儀式のようなものだ。

丹二さんに電話をしてみようか。少し酔った頭で思う。でも我慢する。

聖美とは、一軒で別れる。聖美の子供は小学生だ。はよ結婚しいや。時々思い出したように聖美は言う。あんまり本気でないことは、言いかたで、わかる。

翌日、昼少し前の京都駅でお弁当を物色していると、うしろから柔らかく肩を叩《たた》かれた。

「丹二さん」

驚きを表に出さないようにしようとして、棒読みのような言いかたになってしまった。

前の日に会ったばかりなのに、丹二さんは、ずいぶん久しぶりに会うような表情をしていた。

「弁当、買うの」

「うん」

「そういえば、衣世は昔から駅弁が好きだったな」

衣世、という呼びかたに、わたしはかばんを取り落としそうになる。関係の続いていた少しの間だけ、丹二さんはわたしのことを、衣世さん、ではなく、衣世、と呼んだ。

「どうしたの」

「送りにきた」

「でもいつもは、こない」

「今日は、きた」

丹二さんは、入場券を手に持っていた。立っているのもなんだから、と言いながら、新幹線のホームに上がった。

「何時」

「あと十五分くらい」

発車のベルと構内放送の音のせいで、ときおり丹二さんの言葉が聞こえなくなる。立っているのもなんだから、と言ったくせに、丹二さんはわたしの隣で突っ立っているばかりなのである。

「どうしたの」

もう一度、聞いてみた。

「なんか、もういいんじゃないかと、思った」

ぼそぼそと、丹二さんは言った。

「急に、なの」

「うん、急に」

またベルが鳴る。

丹二さんが、困りはてている。ここまできたというのに、どうしていいかわからないのだ。

わたしも同じだった。

すぐに十五分がたった。丹二さんが泣き笑いのような顔をしている。わたしは丹二さんを見上げた。「女」は、こんぺいとう型のひんやりとしたぞうげ色のまま、ふるえている。ささやかに、ふるえている。

発車のベルが鳴った。ゆっくりと、わたしは新幹線に乗りこむ。丹二さんは引き止めなかった。

ホームが遠ざかってゆくのを、わたしは窓ごしに見た。丹二さんは、大きな目をさらに大きくして、わたしを見送っている。

丹二さんがわたしを引き止めなかったことは、きっといい前兆なのだ。だって、十七回忌まで待ったのだもの。急ぐのは、わたしたちのやりかたじゃない。

急にお腹がすいてきた。席についてから、駅弁を買い損ねたことに気づいた。十七年めに、わたしは初めてお弁当を買わずに京都から帰るのだった。

伊吹山《いぶきやま》が、あおあおとそびえている。ほんと日本って、山だらけ。そうつぶやき、いつの間にか頬を伝っていた涙を、わたしは手の甲でごしごしとぬぐった。

誕生日の夜

　三十一歳の誕生日は、少し曇っていた。

　いつものように、ナナの部屋で、わたしの三十一歳の誕生日は祝われようとしていた。

　ナナと、のぞみと、わたしは、中学時代からの友だちである。いつの頃からか、誕生日には、実家を出てひとり暮らしをしているナナの部屋に集まって——恋人がいる年は、恋人と二人で過ごす誕生日当日から少しずれた日に集まって——、互いがこの世に生まれてきたことをお祝いする習慣となっている。

　ナナの部屋からは、桜がよく見える。児童公園の桜である。

「ねえ、21世紀って、いつから始まったか、知ってる」

カナッペにするリッツの上に、クリームチーズとスモークサーモンのかけらをのせながら、のぞみが聞いた。

「二〇〇〇年！」

ナナが、元気よく答えた。

「ブー」

のぞみとナナのやりとりを、わたしはぼんやりと聞いていた。コップを洗っておいて、とナナに言われていたけれど、なんだか気力がわかなくて、いつまでも一つのコップをすすぎつづけていた。その前の月に、わたしはリストラされたばかりだったのである。

「正解は、二〇〇一年、でした」

のぞみは、意気揚々と言った。

「二〇〇〇年は、まだ20世紀だったんだよ。それと同じで、三十一歳になって、はじめてあたしたちの二十代の世紀が終わるっていうわけ。三十歳じゃあ、まだまだ二十代の青くさい殻がくっついてたの。これからなんだよ、人生」

「そうなのかなあ。そうだといいなあ」

ナナとのぞみは、たぶんわたしを元気づけてくれようとしているのだ。わたしは次のコップにかかった。水が、冷たかった。

　今年はいつもと趣向を変えて、三人だけの誕生会じゃなく、にぎやかな誕生会にしよう。

　そう提案したのは、ナナだった。

　できるだけたくさんの友だちに、声をかけること。友だちの友だちでも、可。

　それで、わたしたちは熱心にカナッペを作ったりパンを切ったり肉をいためたりしている。ナナものぞみも、料理上手なのである。わたしは、まあ、片づけ専門。

　ナナの小さなキッチンには、さまざまな料理道具がそろっている。のぞみとナナは、てきぱきと準備を進めていた。

　わたしだけがうろうろと所在なく動きまわって、なにかと二人の邪魔になっていた。

　最初のゲストがやってきたのは、夕方近くだった。

「やあやあ」

　ワインの瓶をさげて三人で入ってきたのは、のぞみの恋人の国枝《くにえだ》くんと、その友だちだった。

国枝くんたちは、サッカーチームの試合帰りだった。髪がぬれていて、せっけんの匂《にお》いがした。女の子のところに行くんだから、シャワー浴びなきゃって思ってさ。国枝くんは、照れたように説明した。

次にやってきたのは、昌子《まさこ》たちだった。同じ中学を卒業した女の子四人だ。昌子たちとわたしたち三人が、きゃあきゃあ声をあげ、だきあったり手をつなぎあったりしているのを、国枝くんたちは驚いたように見ていた。

「グルーミング？」

坂巻《さかまき》くんという、中の一人がつぶやいた。

部屋は、いっぱいだった。まるい座卓のまわりにはおさまりきらなくて、ナナのベッドも椅子《いす》がわりになった。

夜の七時過ぎに、宴はたけなわとなった。

わたしたちが用意したワインの瓶もとっくにあき、何回かコンビニに酎《ちゅう》ハイとビールを買い足しにゆき、部屋の中がアルコールの呼気でしめっぽくなった。

ナナは窓をあけた。

「近所の人たちに悪いから、あんまり大きな声出さないでね」

と言っていたナナ自身が、いちばんはしゃいだ声を出していた。

少し上気したので、わたしはそっと部屋を抜け出した。

地面から見上げると、公園の桜はとても大きく咲いていた。二階にあるナナの部屋から水平に眺めた時には、こぢんまりした木に感じられたのに。

桜を見上げていると、坂巻くんがやってきた。

「煙草《たばこ》、すう？」

坂巻くんは聞いた。

公園の象の上で、坂巻くんは煙草をすった。わたしは、亀《かめ》の上で。

部屋の喧騒《けんそう》が、ここでは遠い。咲きはじめたばかりの桜の花は、まだひとひらも、散っていなかった。

部屋に戻ると、人が増えていた。

「お名前は」

いつの間にかわたしの隣にきた見知らぬおばあさんが、訊《たず》ねてくる。

「野村です」

「野村、なに」

「悦子《えつこ》です」

「あら、近ごろの若い子は、みんなエミリとか、ミアとか、リンダとか、外国の女みたいな名前だって聞いてたのに、がっかり」

おばあさんは、肩をすくめた。

助けを求める気持ちで、わたしはナナとのぞみを目でさがした。二人とも、部屋の向こうの方で楽しそうに喋《しゃべ》っている。ナナは、見知らぬおじいさんと。のぞみは、見知らぬおばあさんと。

国枝くんと昌子たちは、中国語らしき言葉を喋る一団と、熱心に身ぶり手ぶりでやりとりしていた。

「ところで、これは何の会なの」

おばあさんは、聞いた。

「あ、あの、わたしの誕生日です」

「あら、そうなの。おめでと。で、何歳になったの」

「さ、三十一歳です」

「ふうん。半端《はんぱ》な年ごろねえ」

わたしはむっとした。おばあさんは、のぞみが作ったカナッペを、二ついっぺんに口に放りこんだ。次は、三ついっぺんに。

「味は、まあまあだね」

おばあさんは言い、にやりと笑った。

その後は、さらに人の入れかわりが激しくなった。

国枝くんたちは帰り、かわりにナナの恋人の大森くんがやってきた。昌子たちと中国語の一団がいなくなり、かわりに座敷犬を抱いた若い女の子が一人、それに小学生くらいの女の子が三人、加わった。ナナと喋っていたおじいさんと、のぞみの隣にいたおばさんは手をつないで去り、その後にはそろいのジャージを着た男の人が五人、静かにやってきた。

「ねえ、どういう関係の人たちなの、この人たち」

わたしはこっそりナナに聞いてみた。

「よくわかんない。のぞみの知り合いじゃないのかな」

同じことをのぞみに聞くと、ナナの知り合いじゃないの、という答えが返ってきた。

今部屋の中にいるのは、自衛隊みたいな制服を着た男の人が二十人である。車座になって、一升瓶をまんなかにすえ、じっくりと飲んでいる。ナナとのぞみは、大鍋《おおなべ》でスパゲッティーをいためていた。ジャー、という景気のいい音がキッチンから聞こえてくる。

「いい男がいるね」

隣のおばあさんが、わたしに耳打ちした。ずいぶんと人は入れかわったが、このおばあさんだけは、ずっと居つづけているのだ。

「どの人」

「ほら、あのまんなかの大声の男の、すぐ横にいる筋肉質の」

おばあさんの指し示した男は、あんまりわたしのタイプではなかった。

「ゆずる」

「あら、ありがと」

おばあさんは頷《うなず》き、筋肉質の男のところへゆき、何やら話しかけた。

時計を見ると、夜の十時だった。

うたた寝からさめると、部屋にはもう、人間はほとんどいなくなっていた。

たぬきのつがいと鶴《つる》が三羽、くだをまきながらビールを飲んでいる。ナナのベッドの上では、プレーリードッグが七匹か八匹、ぴょんぴょん跳ねているし、キッチンでは地球外生物らしき浅葱色《あさぎいろ》のぼやけた存在が、よごれものをていねいに洗っていた。

「ああ、起きたね」

おばあさんが言い、わたしの肩を軽くたたいた。

「これ、どうなってるの」

「まあ、誕生日だから」

おばあさんは涼しい声で答えた。それから、鶴のためにビールのプルリングを開けてやった。当然ながら、鳥なので、プルリングは開けられない。

「桜がきれいだね」

おばあさんは言い、窓辺に腰かけた。

わたしも、おばあさんに並んだ。

桜が散りはじめていた。群青《ぐんじょう》の夜の空に、はなびらが一枚二枚舞い、ときおり風がふいて部屋の中に吹きこまれてくる。

「あんた、改名しなさい。悦子じゃなく、そうだね、アリスがいいね」

「いやだってば」

わたしは答え、窓から体をのりだした。

公園に、人影がある。坂巻くんだった。象に座って煙草をすっている。

手をふったら、大きくふり返してくれた。

翌朝目覚めると、部屋にはもうナナとのぞみしかいなかった。

「ゆうべは、たくさん来たねー」

たぶん昨日のあれは、夢だったのだろうと思いながら、あいまいな言いかたで、わたしはナナとのぞみに確かめてみた。

「うん。あの浅葱色の、名前は『ゆぷて』だって」

にこにこしながら、ナナが答えた。

「ああ、あの地球外存在ね」

「あと、プレーリードッグがたくさんフンをしてるよ。困ったな」

「フン、かわいてるから、掃除機ですえばいいよ」

二人はてきぱきと言いあっている。

片づけは、「ゆむて」がおおかたしていってくれたらしく、部屋の中は存外散らかっていなかった。お昼までだらだらして、のぞみの作ってくれた冷やしぶっかけうどんを食べて、わたしたちは解散した。

「また、来年も、お誕生会しようね」

「坂巻くんと、悦子、いい感じだったし」

「悦子の隣のおばあさんは、地獄から来てたんだって」

楽しそうに、ナナが教えてくれた。

「改名しろって、言われた」

と言うと、ナナものぞみも、感心したように頷いた。

「そうしなよ。地獄の神様のお言葉だもん。聞かなきゃ」

そういうわけで、三十一歳の誕生日の翌日、わたしは名前を「悦子」から「亜梨《あり》寿《す》」に変えた。

改名の効果はあらたかで、再就職は、その翌週に決まった。ただ、効果はそこまでで、以降の全般的な運勢は、それまでとちょぼちょぼ、という感じだ。

坂巻くんとは、けっこううまくいっている。ただ、坂巻くんは白鳥座デネブ近くの出身なので、恋愛に関する常識が、わたしたちとは少しばかりずれているのだ。それで、ときおり喧嘩《けんか》になるのが、難といえば難ではある。

はにわ

悔恨は、突如として、ふるようにやってくる。まるで夏の夕方の驟雨《しゅうう》のように。

たとえば、私の場合ならば、包丁で大根の千切りをしている時が、いちばん危ない。

あとは、駅の階段をのぼっている時。それも、遠出をした先ではなく、住んでいる近くの駅の階段。

洗濯ものを干している時も、少し危ない。

いっしんになっているのに、心ここにあらず。そういう時に、「ああ、もう取り返しはつかないけれど、でも」という強い後悔の念は、やってくるのだ。

そりゃあ、もう長く生きているんだから、たくさん悔やむことはある。

昨日だって、お隣の菅谷《すがや》さんのおばあちゃんが、繰り返しするいつもの自慢ばなし

——若いころ自分は大映の大部屋女優で、長谷川一夫《はせがわかずお》だか市川雷蔵だかと一緒に映画に出たことがある——を、途中でさえぎってしまった。おんなじ話を繰り返すのにはわけでなく閉口するけれど、おっとりとしたいいおばあちゃんなのだ。人の悪口を言うわけでなし、最後まで聞いてあげればいいのに、昨日は郵便局でお金をおろさなければならなくて、気がせいていたのだ。

三年前には、寄り合いで、関川さんに反対意見を言ってしまった。関川さんに逆らうと、寄り合いの時間が倍にのびてしまう——相手が降参するまで、関川さんは力いっぱいまくしたてるので——のはわかっていたのに、つい反対してしまったのだ。それはまあいいのだけれど、そのせいで、寄り合いの後におじいちゃんの病院に行くはずだった香山《かやま》さんが足止めをくらって、おじいちゃんの臨終に間に合わなくなった。前の週まで元気だったのに、おじいちゃんは週末に容体が変わって入院していたのだ。

五年前には……。

いや、こうやっていくつもの後悔の種を並べても、せんないことだ。

そういう悔恨は、もちろんたくさんある。

でも、どの後悔も、体の芯《しん》までささっていつまでも抜けない、というほどのものではない。私が一生せおってゆかなければならない、あの悔恨にくらべれば。

私の人生で、最大の悔恨。それは、息子がゲイになってしまった、ということなのである。

ゲイになるかどうかは、生まれつき決まっていることなので、育ちかたや環境とは、まったく関係ないのです。

という説があることは、よく知っている。

ゲイのひとたちを、わけへだてする気持ちも、ぜんぜんないつもりだ。

男と女、というヘテロの関係が最上のものだとも、思っていない。

カミングアウトした息子——就職してしばらくたってからようやく、息子の修三《しゅうぞう》は自分がゲイであると、私に打ち明けたのだ。さぞ勇気がいったことだろう。私がおろおろすることがわかっていただろうから。そして、修三は親思いの息子だから——のことは、カミングアウトした後だって、前と変わらず同じように、いとおしい。

それじゃあ、ゲイだってかまわないじゃない。

何回、自分に言い聞かせたことだろう。

そう。かまわないのだ。修三にはちゃんと恋人もいるようだし。無理に女のひととつきあって結婚するより、その恋人といる方がずっと幸福なのだろうし。

でも、それでも私は後悔してしまうのだ。

私の中の何かが、育てかたのどこかが、修三がゲイになる原因を作ったんじゃないか、って。

修三とは、年に最低四回は、会う。

「お宅の息子さん、まめに帰ってきて、いいわねぇ」

菅谷さんの奥さんには、しょっちゅう言われる。菅谷さんのところは娘と息子がいるのだけれど、両方とも東京の大学に在学中で、帰省することはめったにない。

「ときどきは、東京でご飯をごちそうしてくれるんでしょう。会社も一流で、ほんと、うらやましいわあ」

そんなことを菅谷さんが言っていると、すぐにおばあちゃんが出てきて、私たちの話に聞き耳をたてる。

「だからね、あたし、若尾さんに言ってやったんですよ。その間の取りかたは、だめよ、って」

おばあちゃんは、のんびりと話に割って入ってくる。

若尾さん、というのは、若尾文子《あやこ》のことである。菅谷さんのおばあちゃんと、同い年なのだそうだ。

「そろそろ修三さん、結婚も近いんじゃない」

おばあちゃんにはかまわず、菅谷さんは好奇心いっぱいに訊《たず》ねた。

「そうねえ」

私はうっすらとほほえむ。

もしも、こういうご近所の人たちが周囲にまったくいなくて、修三のことなんて誰も知らなくて、修三がゲイだろうが狼男《おおかみおとこ》だろうがスーパーマンだろうが知ったこっちゃない、という場所に住んでいたら、私だってもう少しゆったりとかまえていられたかもしれない。

でも、ここでは、だめだ。

みんなが、みんなの家のことを、ことこまかに知っている土地。みんながしっかりと、先祖のお墓を守る土地。お葬式も、寄り合いも、女衆総出でとりおこなう土地。

私は、生まれ育ったこの土地に、まがりなりにもなじんでいる。修三は、どうだったのだろう。

来週は、東京に行く。

修三がホテルをとってくれたのだ。

神楽坂《かぐらざか》にある和食のお店で、一緒に夕飯を食べることになっている。年に二回、修三は私を東京に招いてくれる。お盆とお正月には、実家に帰ってくる。夫は五年前に死んだ。夫が死んで以来、修三はずっと仕送りを続けてくれている。

ああ、もう、ほんとうに修三ったら、なんて親孝行な息子なんだろう。

でも、もし修三がゲイでなければ、私に対してこんなにまで、気を使わなかったのではないだろうか。

「それって、とりこし苦労だよ」

と、修三は言うだろうけれど。

遠くからでも、すぐに修三の姿はわかった。

「やあ」

修三は言い、照れたように手をあげた。

「やあ」

私も、返した。

飯田橋《いいだばし》の改札から外へ出て、二人で並んで歩きはじめた。坂をのぼって、少し歩いてから、左へ折れる。

「神楽坂の街って、パリに似ているんですってね」

私が言うと、修三は頷《うなず》いた。

「そういえば、そうかもしれないね」

「新聞で読んだの。一回来たいって思ってたのよ」

「よかったよ。おかあさんが喜んでくれて」

私たちはいつだって、ほんの少しぎこちない。

和食は、とってもおいしかった。量が多めだったので、私は少し残してしまった。

「ごめんなさいね」

お店のひとに謝ると、修三が横からひょいと残ったものをつまみ、ぱくぱくと食べた。

「得した」

修三は言い、笑った。

私は少し、泣きそうになった。そんなにいい子にしなくて、いいのに。修三ったら。

むろん私は、泣かなかった。かわりに、菅谷さんのおばあちゃんの話をした。

「以前は、若尾文子と同じ場面に一回だけ出演したって自慢していたのに、このごろは若尾文子とおばあちゃんは、ライバルだったことになってるの。若尾さんとは、激しく芸を競い合ったものですからねえ、おほほ」

最後はおばあちゃんの声色《こわいろ》を使いながら、私は説明した。カウンターの中にいる板前さんが笑った。修三も。

やがて修三は、ごちそうさま、と言って席を立った。いつの間にお勘定をしていたものやら。ぜんぜん私は、気がつかなかった。

年々、修三は大人になってゆく。あんなに、小さかったのに。

修三が子供のころのことを、ときどき思い出す。

おしゃれな子だった。最初に修三がこだわったのは、ズボンだった。

修三が子供のころは、まだ男の子は、ふともすれすれの短いズボンをはくものだった。今のように、ひざ丈の長めの半ズボンなんて、東京ならいざ知らず、このあたりではもちろん売っていなかった。

「ねえ、おかあさん、こういうの、ぼくにも作って」

ある日修三が持ってきたのは、女の子向けのソーイング雑誌だった。モデルの着ている服の、縫い方と型紙がついている、という体裁の雑誌である。

「この、ガウチョパンツ」

修三が指さしたのは、大きく広がったズボンだった。

「なんだかこれ、長すぎないかしら。それに、スカートみたいよ」

「でもぼく、これがはきたいんだ」

修三は、ねばった。

変なものを欲しがるなあと思ったけれど、あんまり修三が頼むので、作ってやることにした。普段はほとんどおねだりをしたことのない子だったたし。

縫い上げた「ガウチョパンツ」を見て、修三は少し悲しそうな顔をした。型紙は、ふくらはぎ丈だったのだけれど、まさかそんなに長いズボンを男の子がはくなんて、と思った私は、勝手に丈を短めにしてしまったのだ。

「これ、短いね」

修三は、ぽつりと言った。

「はいてごらんなさいよ、きっと似合うわよ」

私は明るく言った。修三はおとなしく、短めのガウチョパンツをはいてみた。

「ありがとう」

修三は静かに言い、ガウチョパンツをぬいだ。結局修三がそのズボンをはいたのは、たったの二回だけだった。

小学校の上級学年になると、修三はお年玉をためて、大人のはくような長いズボンを、自分で買うようになった。中学生になると、服はすべて自分で選ぶようになった。どれも、清潔で簡素なデザインのものだったけれど、どれにも、修三の強いこだわり——キャラクターがプリントされたものは絶対に選ばない、とか、色はなるべく一色、とか、生地は柔らかい、とか——が、感じられた。

そういえば、私も昔は、おしゃれだったのだ。

結婚してからも、自分で生地を買ってきて、見よう見まねで好きな型の服を縫ったりしていた。修三のものも、私が縫っていた。男の子のズボンというものは、へんな型紙で縫うとひどく垢抜《あかぬ》けないものになる。修三のズボンは、私のとっておきの型紙で作っていたので、見る人が見れば、そんじょそこらの子供のズボンとは違うということが、わかったはずだ。

でも、ある時から、私は急におしゃれに関心をなくしてしまった。

修三がよその男の子とはどうも違うようだ、ということが、だんだんにはっきりしてきた頃から、かもしれない。

垢抜けたズボンなんか作ってやったから、いけなかったのかしら。いつも、リネンのシャツを作って着せていたからかしら。そんなことを、私はくよくよと思うようになってしまったのだ。

修三が高校に入学した時には、久しぶりにほっとした。修三が入ったのは、バンカラで有名な男子校だったからだ。これで、あの子も少しは男の子っぽくなるでしょう、そう思ったのだ。

でも、だめだった。同級生たちが有名大学をめざして受験勉強にしのぎを削りあうのを尻目《しりめ》に、修三は一人で絵ばかり描いていた。ミシンを使って小物を縫ったりもしていた。刺繡《ししゅう》もしたし、編み物もした。そのどれもが、とってもセンスのいいものだった。

「売り物になるんじゃない」

ある日私が言うと、修三はものすごく喜んだ。

「おかあさん、久しぶりにぼくのこと、ほめてくれたね」

にこにこしながら、修三は言った。

修三が、いとおしかった。でも、やっぱり私は、修三のことを手放しで受け入れてはやれないのだった。

そして、修三はゲイであることをカミングアウトする。

私はむしろ、ほっとしたのだ。

何かがあるとは、思っていた。でも、それが何なのか、わからなかった。

しばらくは、じたばたしたけれど、やがて私は修三がゲイであることを受け入れた。

不安は、名づけがなされていないと、とめどなくふくらむ。でも、私の不安には、「ゲイ」というはっきりとした形が与えられた。

神楽坂の店を出たあと、修三は私をバーへ誘った。

「もう、飲めないわ」

和食のお店でも、私は日本酒をおちょこに一杯、二杯、飲んだだけだった。

「アルコール分のないカクテルもあるんだよ」

修三は言い、先に立ってどんどん歩いていった。

バーは、暗かった。私たちの間のぎこちなさは、まだほんの少しつづいていた。

「よくお店を知ってるのね」

並んで座り、お店の中をきょろきょろ見まわしてから、私は言った。

「まあ、仕事で使うから」

「ここも、仕事で来るの」

「いや、ここは友だちとだけ」

友だち、という言葉から、私は注意深く離れようとした。修三の、友だち及び恋人及びあれこれの関係のひとたち。私にはぜんぜん想像できなかったし、想像してみたくもなかった。

でも、修三はかまわず、「友だち」について、喋《しゃべ》りつづけた。少し酔っているようだった。

「大学時代の同級生で、ばかな女の子がいてね」

楽しそうに、修三はその「ばかな女の子」の話をはじめた。

「どうしても一人の男が忘れられなくて、じたばたして、でもやっぱりどうしようもなくて、そのじたばたが、一直線なんだなあ、また」

「ばかな女の子」の名前は、「あんこちゃん」なのだという。

おいしそうな名前ね、と反応すると、修三は笑った。和三盆《わさんぼん》とか使った上等のあんこじゃなく、安いあんこだな、あいつのは。

「ねえ、おかあさんが昔作ってくれたガウチョパンツ、ぼくまだ持ってるんだよ」

ぽつりと、修三が言った。え、と、私は聞き返した。

「おかあさんてさ、おしゃれだったじゃない。ぼく、それが自慢だった。まだ若いんだから、今ももっと、おしゃれすればいいのに」

私の髪形が好きだったのだと、修三は言った。修三が小さい頃、私は髪をヘップバーンみたいに短くして、くりくりとしたパーマをかけていた。靴もサブリナシューズもどきを探しだし（地元では奥さまっぽい靴しか売っていないので、見つけるのは大変だった）、自分で縫ったサブリナパンツをはいた。上半身には、ぴったりとした黒のブラウスやセーターを。アクセサリーは、銀の古びた太陽のかたちのブローチを、一つだけ。

その頃のはやりとは異なるいでたちだったけれど、われながら自分に似合っていると、ひそかに自負していた。

「そういえば、私、人とちがった恰好《かっこう》をしたかったのよねえ」

そのことを、私はいつからか自分の奥深く封印していたのだ。修三がよその男の子と違うふうに育ってしまったという、悔恨のために。

「そうだよ、またおしゃれ、しなよ」

私はカクテルを一杯、修三はモルトウイスキーを二杯飲んで、バーを出た。お酒はほとんど飲んでいないのに、私は酔っぱらったような気分だった。ホテルに帰ったら、冷蔵庫の中のビールを飲もうと思った。私は、本来飲める質《たち》なのだ。

修三は、ホテルの下まで送ってきてくれた。

「おかあさん。この前は楽しかったよ。また食事しようね」

修三から、そんな携帯メールが届いた。

「菅谷さんのおばあちゃんは、今度は京マチ子のライバルになりました。元気でね。あんまり無理しないでね。おかあさんは、髪を切りました」

そこまで書いて、最後に絵文字を入れようかどうしようか、迷った。公民館のフラダンスサークルの連絡をメールでするようになってから、私は絵文字が使えるようになったのだ。

迷ったすえ、結局、はにわの絵文字をくっつけることにした。かわいい絵文字はたくさんあるのだけれど、はにわがぽうっと口をあけて手をふっているこの絵文字が、私はいちばん好きなのだ。サークルの人たちは、気味悪がるけれど。

「いつも、ありがとうね」

最後にそう書いて、その後にはにわを三つ、くっつけてみた。

はにわたちは、ばかみたいな顔で、嬉《うれ》しそうに横並びにならんだ。修三は、私に似てるのね、いろんなところが。はにわたちに、私は話しかけた。

送信ボタンを、そうっと押した。メールは、しばらくこちらにとどまっていたけれど、やがて音もなく、修三の元へと送られていった。

新年のお客

「ホワイト様。一月二日午後二時より午後四時。小田急線千歳船橋《ちとせふなばし》駅より徒歩十五分。スーツ、ストッキング着用。可能でしょうか。本部」

メールには、そう書かれていた。いつもどおりの、最小限の文章である。

あたしは、周囲をぐるりと見回す。電車は中くらいに混んでいて、乗っているひとたちはみんな少しずつ疲れかたが違うようにみえた。

「了解です」

同じく、最小限の言葉でもって、あたしは返信した。

隣に座っている男の子が、みじろぎした。携帯電話を使うあたしのひじが、ちょっとぶつかったらしかった。あたしは軽く頭を下げた。男の子は少しだけびくっとした様子になり、それからすぐに向こうをむいた。

ホワイト、というのは、ついこの前からあたしが始めた、生まれてはじめてのバイトの、コードネームというか、役職名というか、である。

あたしたちは、必ず五人でチームを組む。

レッド、ホワイト、イエロー、ブラック、ブルー。それが五人のコードネームだ。ホワイトとブルーが女で、あとの三人が男だ。どんな年齢やタイプのレッドやブルーやブラックの組み合わせになるのかは、仕事による。

チームリーダーは、いちおうレッド。でも、お給料はほかの色のメンバーと、ほとんど違わないらしい。

次の仕事は、お正月に部下が上司を訪問する、という設定だそうだ。

「この仕事で組むのは、ホワイトさんも一度組んだことのある四人よ」

本部の小田切《おだぎり》さんは説明してくれた。仕事が決まると、ブリーフィングのために一度は本部に行くことになっている。集合予定の時間よりも三十分早く着いてしまったあたしは、小田切さんとコーヒーを飲んでいるのだ。

にせ家族、という仕事があることは、けっこう知られているかもしれない。ひところニュースのトピックや、小説なんかの題材にもなっていたし。言葉どおり、本物ではないけれど、お母さんやお父さん、お兄さんや妹のふりをする、という仕事である。小田切さんの会社は、最初は「にせ家族」会社として発足した。週のうちの決まった曜日、あるいは毎日ずっと、誰かの家族のふりをしてほしい。そのような需要をあてこんだのである。

けれど実際には、にせ家族の需要は、それほど多くあるわけではなかった。継続的ににせ家族を演じる、というような仕事は、物語としては面白いけれど、実際には本物とみまがうばかりのにせ家族を演じ続ける力のある者はごく少ないし、雇う方にしてみれば、やたらにお金がかかるばかりなのだ。

結局「にせ家族」で稼ぐのには無理がきて、小田切さんはすぐに会社の仕事内容を方向転換した。

小田切さんの会社「ジェット」が、今請け負っているのは、「にせ家族」よりももう少し大雑把《おおざっぱ》な、「にせ」仕事だ。

五人一組くらいが自然である集団。

たとえば、会社の一部署、とか。学生時代の仲間、とか。サークルの知り合い、とか。ランチ仲間、とか。そしてたまには、一つの家族、とか。

そういう集団のふりをするのが、あたしたちホワイト、レッド、ブラック、イエロー、ブルーの、五人組なのだ。

いちばん最近のあたしの仕事は、不倫カップルのアリバイづくりだった。

どうしても旅行をしたいという不倫カップルの要望に応《こた》えて、あたしたちは派遣された。不倫カップルの、男性は五十少し過ぎ、女性は三十なかばくらいだった。同じ会社の同じ部署の二人は、つきあって二年。ずっとホテルで会うだけだったのだけれど、一度でいいから昼ひなか、人前で堂々と二人きりで過ごしたい。ついては、数名のグループ旅行と見えるよう、適当な幅のある年齢の五人を派遣してほしい。そのような要望だった。

あたしたちのチームは、とても上手に二人をカモフラージュした。当の不倫の二人が二人きりで写っている写真が不自然に突出しないように、あらゆる組み合わせの集合写真をとりまくり、食事の時も移動の時もたくみに二人が二人きりになるようにしつつ周囲をちゃんととりまき、できるだけ人のいない場所を観光し、かつ人前に二人で出るという欲望を満足させるために、人の集まる名所もおさおさおこたりなく訪れた。

さほど大変な仕事ではないと思って臨んだのだけれど、案外気疲れのする仕事だった。

「あの二人ってさ、もし誰にも見られたくないんなら、誰も来そうにない遠い外国の辺鄙《へんぴ》な土地にでも行けばいいんだよな。俺たちを雇う金でお釣りがくるさ。でもたぶん、それじゃあだめなんだろうな。誰かに絶えず見られている、絶えずカップルだって認識されている、それが必要だったんだろうからな」

不倫の二人を別々に見送った後、ブラックがぽつりと言っていた。

自分たちで雇った、いわばサクラのあたしたちからでもいいから、認識されたかった二人。ブラックの言葉に、あたしはちょっと、しんとしてしまった。

「でもまあ、ただの変わり者のカップルだっただけかもよ」

レッドは、さばさばと言っていたけれど。

最初は「ホワイト」なんていうコードネームは気恥ずかしかったけれど、いつも違う組み合わせの五人で活動するようになってみると、これはこれで安定感のある名前だということが、なんとなくわかってきた。

たとえば、レッドだ。

小田切さんの会社に登録しているのは、だいたい三十人くらいだから、レッドは全部で六人くらいいるという勘定になる。

落ちついた雰囲気のレッドもいれば、ごく若いレッドもいる。やたら口数の多いレッド、熱血タイプのレッド、クールなレッド。さまざまなタイプがいるのだけれど、不思議にどのレッドも、ちゃんと「レッド」という感じなのである。人はみな、求められている役割に、自分を当てはめようとするものなのかもしれない。

お正月の仕事は、ごく単純な仕事だと思っていた。少なくとも、この前の不倫カップルの仕事にくらべれば。

でも、ちがった。

あたしたち五人は、クライアントの部下五人のふりをして、千歳船橋にあるその家を訪ねた。中では十九歳のあたしがいちばん年下である。あとの四人はみんな二十代。ホワイト、レッド、というコードネームは会社の中のもので、こうして仕事に臨む時には、山本、鈴木、渡辺、加藤、そして残り一名にだけ、少し珍しい名字が割り振られることになっている。

「今回は、若水《わかみず》で行こう、ホワイトさん、若水でよろしく」

レッドがてきぱきと決めた。

「若水って言葉、なんか、聞いたことがあります」

ブルーが首をかしげた。

「正月に汲《く》む水のことらしいよ。なんか、縁起いいよね」

レッドは答え、それを合図にあたしたちは背筋をのばした。じきにクライアントの家に着こうとしていた。

レッドが、チャイムを押した。家は、住宅街の中にあるごく普通の二階建てだった。門は茶色、ペンキが少しはげかけている。

どこかの家の犬がわんわん吠《ほ》えていたけれど、お正月の住宅街は、人影もなく、空気は澄みわたっていた。


「やあやあ、よく来たね」

というのがクライアントの第一声だった。

あたしたちはくちぐちに挨拶《あいさつ》をした。

「あけましておめでとうございます」

「今日は新年のご挨拶にまいりました」

「おくつろぎのところ、おじゃまいたします」

一通りの挨拶がすむと、クライアントはあたしたちを玄関の中に招き入れた。スリッパが五組並んでいる。奥からは、たべものを煮かえしているような匂《にお》いがしてくる。奥さんが、あたしたちを迎える用意をしているのだろうか。

玄関のげたばこの上には、大きな鏡餅《かがみもち》が飾ってあった。廊下の突き当たりの低い棚には、福寿草の小さな鉢が置いてある。

「さあさあ、こっちへ。遠慮しなくていいから」

クライアントはにこにこ笑いながら、あたしたちを案内した。

たぶんクライアントは、部下に慕われる上司、という自分を家族に見せたいのだろう。四十代半ばという年まわりからすると、実際に今までは部下に慕われて、毎年年賀客が訪れていたのかもしれない。それが、何かの理由で部下が訪ねてくるような境遇ではなくなった、けれど家族にはそれを知られたくなくて、あたしたちを雇った……。

という推測を、あたしはしたのだけれど、本当のところ、こういう推測はできるだけしない方がいい。当たることも多いけれど、まったく予想と違うこともあるからだ。

その場で動揺しないよう、気持ちは真っ白にしておいた方がいいにきまっている。

クライアントは、あたしたちを廊下の突き当たりまで連れていった。その向こうにリビングがあるのかと思っていたけれど、そうではなかった。

クライアントは、壁にあるボタンを押した。ボタンは壁と同じくすんだ茶色だったので、クライアントがそれを押すまでは、そこにボタンがあることなど、五人のうち誰も気がつかなかった。

ボタンが押されたとたんに、ガガガ、という大きな音が始まった。

どうしたことだろう。突き当たりの壁ぜんたいが、ガガガという音をたてながら、上にあがってゆくではないか。

壁がついに全部天井におさまった時、そこにあらわれたのは、巨大な空間だった。外からこの建物を見ただけではまったく予想もつかないくらい、そこは広かった。だだっぴろいその空間には、あるものを除いては、何ひとつ置いていなかった。

その、あるものとは、五つの事務机だった。

「さあ、働いて下さい」

クライアントは、にっこり笑いながら、言った。

「あ、あの」

棒立ちになった五人の中で、いちばん最初に声を出したのは、レッドだった。さすがレッドだ。

「何をして働くのですか」

「決まっているでしょう。会社の仕事ですよ」

あたしたちは、当惑しながら事務机を眺めた。

それは、ただの事務机だった。スチール製の、灰色の、両袖《りょうそで》に引き出しのある机。

卓上には、何も置いていない。

「あの、会社の仕事をするためには、パソコンが必要だと思うんです」

次に声を出したのは、ブルーだった。

「ああ、そうなのですか。それでは、ほら」

クライアントは、また壁にあるボタンを押した。ガガガ、という音がする。

あたしたちは、悲鳴をあげた。

事務机の上に、パソコンがあらわれたのだ。机の表面がぱっくり割れ、その中からしずしずと、パソコンは浮き上がってきた。

「さあ、これで働けますね」

クライアントは言った。そして、今までよりもさらに嬉《うれ》しそうに、にっこりと笑ったのである。

きっかり一時間半、あたしたちは働いた。

といっても、パソコンを立ち上げ、でたらめに文字を打ってはいちおう保存してみたり、エクセルを使って意味のない表をつくってみたり、表よりもさらに意味のない計算をしてみたり、といったことをそれぞれ行って、ようやく一時間半をやり過ごしたのである。

クライアントは、ずっとにこにこしていた。

どこからあらわれたのか、あたしたちがパソコンをいじっている間に、クライアントのすぐ横には、五段重ねの、鶴亀《つるかめ》の象嵌《ぞうがん》のなされた重箱があらわれた。クライアントは、重箱を一つ一つ並べ、中に盛ってある錦玉子《にしきたまご》やらかまぼこやらいせえびやらかずのこやらを、いちいちじいっと眺めては、またにこにこと笑うのだった。

お煮しめも、あらわれた。

「さっき、匂いがしましたね」

あたしはこっそり、ブルーに耳打ちした。ブルーは、無言で小さくうなずいた。

お雑煮も、あらわれた。

「あれ、京都風や」

ブラックが言っている。そういえば、このブラックは、たしか京都出身だ。

おせち料理は、たいそう立派だった。大きな座卓に、重箱と塗りのお椀《わん》とお煮しめの大皿が堂々と並べられていた。いつどんな年賀客が来ても、これならば大丈夫だ。

けれど、クライアントはおせち料理にはまったく箸《はし》をつけようとしなかった。いや、そもそも箸や取り皿というものがなかった。まるで何かのディスプレイのように、その豪華なおせち料理は、ただ並んでいるばかりなのだった。

イエローのお腹《なか》が、盛大に鳴った。おせち料理を食べなければと思って、きっとイエローはお腹をすかせてきたのだろう。あたしも、もう少しでお腹が鳴りそうだった。でも力を入れてやり過ごし、必死にパソコンのディスプレイを見ながらキーを叩《たた》いた。

「若水さん、決裁の書類はできましたか」

レッドが、あたしに声をかけた。決裁の書類って、いったい何なんですか。あたしは内心レッドに毒づいた。でも顔には出さず、

「はい、もうじきです。少しお待ちください」

と答えた。

クライアントは、最後までにこにこと笑っていた。食欲を刺激するお煮しめやお雑煮の匂いをかぎつつ、あたしたちも最後まで熱心にパソコンに向かうふりを続けた。

時間がくると、クライアントは、またボタンを押した。

ガガガ、という音と共に、すべてのものが消え失《う》せた。

「ご苦労さまでした」

クライアントは言い、玄関の方を指し示した。

あたしたちは、狐《きつね》につままれたような気分で、千歳船橋まで歩いた。人影はなく、日は暮れはじめており、あたりは静まりかえっていた。

「なんか、この世にもう誰もいなくなっちゃったみたいな感じ、しない」

ブルーがつぶやいた。

「ここ、ほんとに東京だよなあ」

ブラックが言っている。

「あのクライアント、いったい何だったんだろう」

ブルーが言うと、レッドは短く、こう答えた。

「ま、上司だろ」

「まあ、それは大変だったわね」

小田切さんは、肩をすくめた。あたしは次の仕事のブリーフィングのために、また本部に来ているのだ。この前の千歳船橋の仕事に関しては、翌月に振込があった。いつもの仕事よりも、ずいぶん高い金額だった。

「お正月料金よ」

小田切さんは説明した。

「大変だったろうけど、報酬はいいし、何かの被害を受けたわけじゃないし、まあ、いいじゃない」

あたしは、あいまいに頷《うなず》いた。むろんこの仕事は、現場に行ってみるまで、どんなクライアントがあらわれるかわからない、少しばかり危険な仕事だ。小田切さんはたぶんクライアントの正体を知っているのだろうけれど、あたしたち五人には、いちいち知らされない。

「で、千歳船橋のあのクライアント、何者なんですか」

小田切さんは、あたしのその質問に、目をぱちぱちさせた。しばらく考えたすえ、小田切さんはこう答えた。

「以前のお得意さんだった坂巻さんっていう人の紹介。とっても遠いところから来た人みたい。宇宙とか？」

最後の方は、冗談めかした口調だった。

「その、坂巻さんって、どういう人なんですか」

あたしは食い下がった。

「ああ、会社ができた当座、時々にせ家族を雇ってくれた人よ。坂巻さんも、遠くから来た人みたい。でもそのうちに、恋人ができて、仕事を頼んでこなくなったの」

もっといろいろ訊《たず》ねようとしたけれど、ちょうどその時ブルーとレッドが一緒に入ってきてしまった。ブルーは違うけれど、レッドの方は、千歳船橋の仕事で一緒だったレッドである。

「あの、この前の千歳船橋の」

あたしが言いかけると、レッドは制止した。

「しっ。現場のことは、現場を離れたら、話しちゃいけない決まりだろう」

そうなのだ。「ジェット」では、そういう決まりになっているのだ。あたしはいやいや口をつぐんだ。すぐにイエローとブラックもやってきて、ブリーフィングが始まった。

ブリーフィングの帰り道あたしは、珍しくレッドと話しながら帰った。あたしたちは、いつもはばらばらに帰ることが、ほとんどなのだけれど。

「あの、世の中には、正体不明の人が、けっこういるんですね」

「そりゃあそうだよ。だってそもそも、自分の正体だってよくわかんないもんな、おれ」

レッドは、さばさばと答えた。

「あの千歳船橋、宇宙から来た人かもですって」

「宇宙には、いい上司が多いのかな」

「えっ」

「だって、金払いがいいし、ずっとにこにこしてたし」

あたしとレッドは、駅で別れた。

自分の正体も、よくわからないもんな。レッドの言葉を、あたしは心の中で繰り返してみる。

ほんとに、そうだ。もしかしたら、死ぬまで、自分の正体って、わからないのかもしれない。だからというんじゃないけれど、この怪しいバイトを、もう少し続けてみようと、あたしは思っている。少なくとも、千歳船橋のクライアントは、あたしたち五人が働いているところを見ている時、心の底から楽しそうにみえた。そんなふうに楽しそうにしてくれるんなら、クライアントが宇宙人であろうとゾンビであろうと、甲斐《かい》があるというものではないか。

働くって、こういうことなんだな。そう思いながら、あたしは駅の階段を、ゆっくりとのぼっていった。

トンボ玉

どうしても欲しいものがあった。

それは、深緑とえんじと白の、ゆがんだ球形の、まんなかのあたりにどこか遠い国の人の顔が描いてある、小さなトンボ玉である。

玉は、レナ姉《ねえ》のものだった。

レナ姉の部屋の、丈の低い箪笥《たんす》の上には、その玉だけでなく、たくさんのこまごましたものが飾られていた。

ビーズでできた、意地悪そうな顔の小さな人形。さみどり色の、てのひらより小さな豆本。ちびたとりどりの色鉛筆。ひびの入ったガラスの瓶。桜貝。片割れをなくしてしまった、いくつものピアス。

「いつか、捨てちゃうものなんだけれど。でも今は、こうしてとっておくの」

いつもレナ姉は言っていた。

レナ姉は、僕の叔母である。僕とは年が十三歳しか離れていなかったので、おばさん、ではなくレナ姉と呼んでいた。きれいな人だった。レナ姉は、僕が高校一年生の時に亡《な》くなった。豆本も、桜貝も、人形も、みんな祖母が、泣きながらレナ姉のひつぎに入れた。ただ、僕が欲しかったトンボ玉だけは、見当たらなかった。

レナ姉の葬儀の日は、よく晴れていた。

それから十年近くがたち、僕は就職した。けれど会社は二年でやめてしまった。その後僕は、さまざまな場所を旅してまわることとなる。

旅はインドから始めた。「自分」とやらを探すため、という、お定まりのコースである。けれどインドでひどく腹をくだした僕は、すぐに「自分」を探すのをやめにしてしまった。人間にとって、「自分」なんていうものよりも、「大腸」や「小腸」や「胃」の存在の方が圧倒的に大きいということが、身に沁《し》みてわかったからである。

体調が戻ると、僕は空路でヨーロッパに向かった。フランス、スペイン、ポルトガルとたどり歩き、最後はチュニジアに渡った。

チュニジアには、ずいぶん長くいた。泊まっていた宿のすぐ隣にある小さな旅行会社で、英語のガイドとして雇ってもらうことができたからだ。ガイド料は安かったが、旅行会社の経営している安いホテルにただで泊まることができたし、食事は、僕のことを気に入ったらしい宿のおばちゃんが、三食に二食はごちそうしてくれた。あの時おばちゃんが大盛りによそってくれたクスクスや羊のトマト煮込みは、今でも時々思い出しては食いたくなるくらい、うまかった。

ある時、町はずれにある小さな博物館に行った。イギリス人の夫妻が案内を所望《しょもう》したのだ。三ヵ月ほどガイドを続けていたけれど、その博物館に行くのは初めてだった。

門をくぐると、やる気のなさそうな親父《おやじ》が料金を受け取り、手書きの入場券らしきものを差し出した。イギリス人夫妻は、静かに熱心に館内を見てまわった。どうやらそこは、ローマ帝国関係のものを展示してある博物館らしかった。紀元前二世紀。紀元一世紀。シラクサ。ネアポリス。クレタ。そして、ローマ。

僕はいつだって、学生時代の歴史の授業の時は、眠っているか内職をしてるかだった。それらの説明の言葉が、いったい何を表しているのか、それがフランス語で書いてあるから、ということだけでなしに、僕にはさっぱりわからなかった。

構えは小さく見えたのに、博物館の中は思ったよりもずっと広かった。建物は、ぐるりと中庭を擁していた。イギリス人夫妻は、かたつむりほどの速さで、じっくりと展示を見てまわった。ぼくはだんだんに眠くなってきて、小さな展示室に置いてあるソファーで、うとうとしはじめた。

声が聞こえたのは、完全に寝入ってしまう直前だった。

「ターちゃん」

僕はびっくりして、飛び起きた。

それは、レナ姉の声だった。ターちゃん、と、僕のことを呼ぶのは、レナ姉だけだった。僕はあたりを見まわした。もちろんレナ姉の姿はなかった。そのまま小部屋の中をぐるぐるまわった。展示ケースの中のものに、目がいった。

「わっ」

僕は小さく叫んだ。イギリス人夫婦が、ちらりとこちらを見た。

トンボ玉だった。

レナ姉の箪笥の上にあったあの、人の顔が描かれている不思議なトンボ玉とよく似たものが、ケースの中には何個も飾られていた。

紀元一世紀から二世紀。地中海域出土。トンボ玉の説明には、そう書かれていた。

レナ姉の声は、そのあといくら耳を澄ませてみても、聞こえなかった。博物館の出口には小さなみやげ屋があって、顔の描いてあるトンボ玉のレプリカも売っていた。少し迷ってから、僕は一つのトンボ玉を選んだ。レナ姉の部屋にあったものよりも明るい緑の、二つの顔が描いてあるものだ。値段は、びっくりするくらい安かった。

日本に帰ってきた僕は、また就職した。

小さな商社で、主にアジアから中近東のものを扱っている。

三十歳を過ぎてから、結婚したいと思うようになった。だんだんに人と何かの関係をもつことが、若いころのように面倒ではなくなってきたのだ。

結婚を思う時、僕はなぜだかいつもレナ姉のことを考える。

レナ姉のような女がいたら、すぐにも結婚するのに。

子供のころ、とりたててレナ姉に恋心をいだいていたというわけではない。きれいな人だったけれど、女として意識したことは一度もなかった。けれどそれは、年上だった、という理由からではない。血のつながった親族だった、という理由でもない。

レナ姉は、なんだか妙だったのだ。

声も、表情も、立ち居振る舞いも、なんだかみんな妙だった。可愛《かわい》くなかったし、女らしくなかった。かといって、男っぽいのでもなかった。いちばんレナ姉に近い感じのものを、僕は知っている。

それは、犬だ。それも、大型の犬。

レナ姉は、のっそりとしていた。超然としていて、単純だった。嬉《うれ》しい時にはしっぽをふり、興味のないことには徹底的に興味を示さずそっぽを向く。あわてず、さわがず、でもときどきひっそりとはしゃぐ。

そういう女を、僕はレナ姉以外に見たことがない。女はたいがい、可愛いか、怖いか、無関心か、過剰かだ。

レナ姉は、どこであのトンボ玉を手に入れたのだろうと、ときどき思う。

会社の近所にある、その古びた珈琲《コーヒー》店には、ずっと前から気づいていた。たたずまいは好きだけれど入らなかったのは、僕がコーヒーに弱いからだ。コーヒーを飲むと、僕は夜明けがたに、必ずぽっかりと目が覚めてしまうのだ。

「こどもみたい」

涼音《すずね》は笑う。涼音とはこのところ、もしかすると結婚するかもしれない、という雰囲気になっている。そうなるとあまのじゃくなもので、どちらも結婚を先延ばしにしはじめた。涼音と僕は、似た者どうしなのかもしれない。

涼音は、レナ姉とは全然似ていない。いろいろ過剰だし、複雑だし、なにより、女として可愛い。

ときどき僕は、涼音の可愛さが、面倒になるのだ。

そんな時、涼音は僕の気持ちを感知して言う。

「タイチって、なんか、ときどき感じ悪いよね」

その通りだ。僕は感じの悪い恋人だ。よくもこんな男とつきあってくれていると思う。

携帯につるしたトンボ玉を、僕はさわってみる。描かれている顔は、笑っている。あるいは、嘆いているのか。どちらともとれる顔で、二つ並んでいる。

感じの悪いことへのバチがあたったのかもしれない。

涼音が、ほかの男を好きになった。

「ごめん」

涼音は謝った。僕は下を向いていた。こんな日がくるような気がしていた。たぶん少しの間つらくて、でもじきに平気になると思った。

涼音は立ち上がり、伝票を持っていって素早く支払った。そこは、はじめて入った、会社の近くの、れいの古びた珈琲店だった。なにも別れ話をするのに、僕が毎日通る道筋にある店を選ぶこともないのにと、ぼんやり思った。

つらさは、薄まらなかった。時間がたっても、だめだった。意外だった。涼音に会いたかった。何回もメールをしようと思った。電話も。でも、できなかった。あんまり涼音が恋しくて、できなかったのだ。

半年たったころ、ようやくメールをした。

二人で酒を少し飲んで、そのあと喫茶店に入ってコーヒーを飲んだ。

「コーヒー、飲んで、平気なの」

涼音は聞いた。半年会わなかっただけなのに、知らない女みたいにみえた。化粧も服の感じも、前と同じなのに。この知らない女が好きだと思った。

「また、つきあってくれないか」

僕は頼んだ。涼音は首を横にふった。

「だめか」

「ごめん」

「謝らないでくれ」

「ごめん」

やっぱり結婚するなら、レナ姉のような女の方がいいと、はっきり思った。でも涼音が好きだった。どうしようもなく、好きだった。

駅まで涼音を送っていった。それから思いついて例の古びた珈琲店に行き、その日二杯めのコーヒーを飲んだ。

あれからまた月日がたち、僕は今チュニジアにいる。勤続十五年めのリフレッシュ休暇、というやつがとれたのだ。

前に滞在した時に雇ってもらった旅行会社は、もうなくなっていた。安ホテルも。かわりにビルが建ち、道路も広がっていた。

町はずれの博物館は、まだあった。ローマ帝国関係のものを展示しているのも同じで、前に来た時とたぶん同じ親父が、同じような手書きの入場券を差し出した。

涼音と別れたあと、僕は二人の女とつきあった。そして、別れた。

女たちが、僕は好きだ。でも、女たちは僕から離れてゆく。チュニジアに来てから、僕は毎日博物館に通っている。ほんもののトンボ玉は、焼きがとろりとしていて、色は深くて、どれもひっそりとしている。

昔買ったトンボ玉も、買った当座は色がどぎつくて安っぽかったけれど、十数年の月日を経て、けっこういい味わいになってきた。でもやっぱり、それはまがいものだ。チュニジアのコーヒーは、濃い。博物館の近くのカフェで、僕は毎日二杯のコーヒーを飲む。夜明けがたにぽっかりと目が覚めて、思う。これからも僕は、きっと女を追いかけ、女と関係し、女に捨てられるんだろう、と。

レナ姉は、夜明けがたに死んだ。心臓だった。どうしても欲しいものは、いつだって、僕の手に入らない。それがでも、僕は決していやではない。箪笥の上にあったあのトンボ玉は、どこに行ってしまったのだろう。もしかするとレナ姉は、トンボ玉を庭に埋めてしまったのかもしれない。犬のような人だったことだし。

ひでちゃんの話

それまでずっと並んで走っていた総武線と中央線が、分かれるでしょう。お茶の水で。

ひでちゃんはのんびりと説明した。

ひでちゃんは、あたしの幼なじみだ。金子ひで。明治のおばあさんみたいな名前で、いやなんだ。いつもひでちゃんは言うけれど、あたしは「ひで」って、かっこいい名前だと思う。年齢も性別も不詳な感じが。

で、総武線と中央線が、どうしたの。

あたしが聞くと、ひでちゃんはびっくりしたような顔で、

あっ、電車はどっちでもいいんだけど。

と言った。

分かれてさ、秋葉原《あきはばら》に総武線が向かう、その途中にある看板が、いつも気になってたの。

ひでちゃんが「気になっていた」看板は、「包丁研ぎ教えます」というものだった。中くらいの証券会社に勤めてそろそろ七年め、仕事も面白くなって脂《あぶら》ものってきた時期であるはずのひでちゃんは、看板に惹《ひ》かれて「包丁研ぎ」を教えるというおじいさんの職人を訪ねあて、一人前の包丁研ぎ師になるには二年間びっちり修業をしなければならないと聞くと、あっさり会社をやめてしまったのだ。

だって、ふつうなら、弟子になってもそんな手とり足とり教えてくれないんだよ。ほら、技術は目で盗め、とか言ってさ。何年もかかってようやく半人前になるのがやっとのところを、どんどん研ぎの技術を教えてくれるなんて、めったにないことじゃない。

ひでちゃんは言い、うふふふふ、と笑った。

そんなにひでちゃんが包丁研ぎに興味があったなんて、知らなかったよ。

あたしが言うと、ひでちゃんはまた、のんびりと答えた。

うん。そんなに興味なかったけど。でも急に、包丁研ぎに邁進《まいしん》したくなっちゃったんだ。そういうことって、ない？

ひでちゃんとは、ずっと変わらず仲がよかったわけではない。いつかなんて、三角関係になってしまった時もあったくらいだし。

あの時は、面倒だった。ひでちゃんの彼が、あたしにちょっかいを出してきたのだ。どうでもいいような男だったので、あたしは平気でちょっかいを出されるままにしておいた。こんなどうでもいい男なら、きっとひでちゃんはすぐに別れるだろうから、平気だよ、って。

何回か会っただけで、その後は「彼」が何を言ってきても、あたしは応《こた》えなかった。でも、その「彼」は、あたしに執着した。逃げる女を追うのが好きな男だったのだ。

ひでちゃんは、あたしを責めなかった。

ばかな男を好きになった自分が、ばかなんだって知ってるんだ。

そんなふうにひでちゃんは言って、えへへへへ、と笑った。

あたしはそれで、ものすごくひでちゃんに悪いことをしたんだって、初めて気がついたのだ。友だちが好きになった男を、どうでもいいとかすてきとか判断するあたしが、傲慢《ごうまん》な女だったんだ、って。

そのあとしばらく、あたしはひでちゃんに会えなかった。自分が恥ずかしくて。

いつも連絡は、ひでちゃんからしてくる。

三角関係のことがあって半年くらいしてから、ひでちゃんから葉書がきた。やあ。ほとぼりはさめたから、またあそぼうね。

ちょっと怖い文章だと思ったけれど、あたしはひでちゃんにすぐに電話した。男とはあれからすぐに別れて、今は新しい恋人がいるのだと、ひでちゃんは嬉《うれ》しそうに言った。

ひでちゃんとは、たいがい買い物に行く。あたしとひでちゃんは、服のサイズがほぼ一緒で、好みもよく似ている。五時間くらいは、平気であたしたちは歩きまわる。

証券会社に勤めていたころのひでちゃんは、いっぱいお金があったので、気っぷのいい買いかたをしたものだった。あたしの方は、海藻《かいそう》なんかを扱う小さな問屋に勤めていて、お給料はそこそこ、ひでちゃんのようにはお金は使えない。でも、ひでちゃんが買うのを見ていると、なんだかあたしも気が済んだような気分になるのだった。

もちろん、誰とでもそういう気分になれるわけではない。一緒に買い物をして、相手の子ばかりがどんどん好きにものを買っていたら、ふつうはちょっとは憎たらしい気分にもなろうというものだ。

でも、ひでちゃんとの時は、ぜんぜん憎たらしくならなかった。ひでちゃんは、買い物をしおえると、ははははは、と笑う。それはそれは、楽しそうに。お腹《なか》の底から。その声を聞くと、うらやましさは、どこかに飛んでいってしまうのだ。

研ぎ師の修業をはじめてからは、ひでちゃんは、いっさい服を買わなくなった。

だって、お金ないもん。

というのが、ひでちゃんの簡単明瞭《めいりょう》な説明である。

退職後のひでちゃんは、何年も前に買った服を、ずっと着ていた。似合うけど、ちょっとへんでもあった。何年も前の服だからではない。組み合わせが、とっても適当だからだ。

もうおしゃれはしないの。

そう聞くと、ひでちゃんは首を横にふった。

ううん。今は、へんな組み合わせに凝ってるの。これもおしゃれの一種だよ。

あたしはうまく反応できなくて、
あ、そ、そうなの。

なんて、答えた。

帽子を二つ重ねてかぶり、片方の足にサンダル、片方の足にブーツ、なんていう組み合わせが、おしゃれなんだとは、あたしには思えない。

でもひでちゃんは、はははは、と笑うばかりなのである。

ひでちゃんの、へんな癖についても、話しておこうか。

ひでちゃんは、泣くのだ。

それも、とびきりのコメディーや、はずれのないはずのお笑いを見て、泣くのである。

どうしてこういう、大笑いするところで泣くの。

あたしが聞いたら、ひでちゃんは涙を流しつつ（その時も、一緒にテレビのお笑い番組を見ていたのだ）、
もしかすると今に、こういう愉快なことがいっさいない世界になって、友だちも一人もいなくなって、人類は今よりずっと退化したへんなものになって、それでも自分一人で孤独に生きながらえちゃったらって想像すると、泣けてくる。

と、答えた。

そのうえ、そういう全体の悲しさだけじゃなくて、その世界のこまかくて具体的なことに関して、世にも恐ろしい想像を、しちゃうの。

とも。

悲しいドラマや、泣ける本とかでは、ひでちゃんは絶対に泣かない。

ああいうのは、想定の範囲内だから。

ひでちゃんは、言う。

ひでちゃんの頭の中の、未来の孤独な世界が、実際にどんなふうなのかは、あたしは想像したくない。ことに、「こまかくて具体的なこと」に関しては。

でも、ひでちゃんは、ふだんはとってものんびりしている。そして、泣いたあとには、ほほほほほほっ、と笑う。ひきつったようではあるけれど、それはいくぶんか満足したような、充足した笑いである。

ひでちゃんは、色が白い。

でも、このまえ会った時には、まっくろになっていた。

ひでちゃんは、南の島に移住したのだ。

南の島で、ひでちゃんは包丁研ぎの看板を出しつつ、株式売買をしている。包丁研ぎだけでは、ちょっと暮らしが苦しいから、らしい。

株式の方は、どう。

そんなメールを出すと、ひでちゃんは五日くらいたってから、返事をよこす。返事遅くてすまん。株式は、少し儲《もう》かってるよ。この時節柄、けっこうこれってえらいよね。早く遊びにおいで。それから、研ぐ包丁があったら、持ってきてね。

でも、南の島に行くのは、たいがい飛行機でだろう。飛行機に、包丁を持って乗るのは、とっても難しいし、面倒だ。ほんとうは、使っているパン切り包丁がさびてまったく切れなくなっているので、研いでほしいのだけれど。

ひでちゃんが、株式の取引をパソコンでもってやっている現場を、あたしは以前に一回だけ、見たことがある。

その時は、けっこう儲かったらしくて、ひでちゃんは喜んでいた。ひっそりと。

ぐへへへへ。そんな笑い声を、ひでちゃんはたてた。

その笑いかた、きもちわるい。

あたしが言うと、ひでちゃんは、わざと笑いつづけた。

ぐへへへへっ。ぐへへへへっ。

ひでちゃんの、かなり美人な顔だちを思い浮かべるたびに、あたしの頭の中に同時に響くのは、なぜだか決まって、あの時の笑い声なのだ。

あたしは、もう三年くらい、ひでちゃんに会っていない。メールだって、二ヵ月にいっぺんくらいしか、交わしていない。

ほんとうのところ、ひでちゃんとあたしは、そんなに近しい友だちではないのだ。だけどときどき、あたしは無性にひでちゃんに会いたくなる。そういう友だちは、ほかにはいない。

そういえば、この前あたしはついに、パン切り包丁を厳重に梱包《こんぽう》して、ひでちゃんに送ったのだ。

包丁が届いたころ、ひでちゃんからメールがきた。

奈美《なみ》ちゃん。ごめん。パン切り包丁だけは、研げないんです。その技術がなくて、すまん。送り返すね。

数日後に届いた荷物の中には、送ったパン切り包丁と、沖縄の地元で大人気だというお笑いコンビのDVDが入っていた。それから、手紙も。

このコンビは、今までに一番泣かされたお笑いコンビです。よかったら奈美ちゃんも見て泣いてください。パン切り包丁は、ごめんなさい。もっと精進しておきます。でも、師匠（秋葉原の看板の）は、すでに死んでしまっているので、どうやって精進していいのか、難しいです。このへんの海藻は、東京の海藻と違うので、奈美ちゃんの会社で使ってみたらいいんじゃないかと思います。今度上司に進言しておいてください。必要なら、がんばって乾燥させてから、海藻を送ります。

手紙のひでちゃんの字は、下手くそだった。そういえば昔からひでちゃんの字は、下手くそだった。急にひでちゃんに会いたくなった。ひでちゃんは遠くにいるんだなと、実感した。

それにしても、進言って。乾燥って。

ひでちゃんには、会いにいったりしないだろうと思う。

そういう、友だちなのだ。

もっとしょっちゅう会って、打ち明け話とかもして、メールもいつも交わす友だちは、ほかに何人か、あたしにはいる。

でも、ひでちゃんほど、何かにつけて思いだす友だちは、いない。

あたしは、ひでちゃんに返事を書いた。

精進、がんばってください。東京に来たら、連絡してね。乾燥した海藻は、そのうち送ってください。ではまた。

ひでちゃんの手紙にくらべると、あんまり面白くない手紙だと思ったけれど、とっておきの絵はがきにていねいに書いて、これもとっておきの切手をはって、投函《とうかん》した。
ひでちゃん、今ごろ南の島で、どんな笑い声で、笑ってるのかな。

真面目《まじめ》な二人

かち、かち、という音がするので見ると、隣の席に座っている女の子が、銀色の小さな機械を押しているのだった。

午後いちばんの授業でお腹《なか》はいっぱい、よく晴れていてぽかぽかとあたたかい五月の陽気、さっぱり理解できない講義内容、という三つがかさなって、眠さは頂点に達していた。教室のほとんどの学生が、うつらうつらしていた。教授の声が遠くのさざなみのように引いては寄せ、寄せては引いてゆく。

あ、もう眠る、と、気が遠くなりかけた瞬間に、かち、かち、という音は聞こえてきたのである。

じっと見ているあたしに気づいたのだろう、女の子はこちらを振り向いた。

「なあに」

女の子は聞いた。

「いや、その、銀色の」

あたしはどきどきしながら、答えた。

女の子の瞳《ひとみ》は、片方が水色だった。そして、もう片方が茶色。

「これ？　カウンター機。ほら、交通調査とかに使う」

女の子は言い、それからすぐに、

「うん」

とつぶやき、カウンター機をまた一回押した。

かち。

教壇に立っている教授が、ちらりとこちらを見る。

授業が終わってから、あたしと女の子はなんとなく一緒に教室を出た。あたしは、掲示板の方へと歩いていった。休講のお知らせがないかと思って。

明日の授業は全部、変わりなく平常どおりおこなわれるようだった。

「昔は、大学って、もっとばんばん休講になってたんだって」

という声が隣から聞こえてきて、あたしはびっくりした。あの女の子だった。まだいたのだ。

「そうなんだ」

あたしは慎重に答えた。

「母親が言ってた。で、学生も、どんどんさぼったんだって。あんたは真面目すぎるって、よく言われる」

「そうなんだ」

あたしはあいまいに繰り返した。女の子は、あたりまえのようにあたしの横に立って、これから先もずっと一緒にいるのだというように、親しげにほほえんでいる。

(どうしよう、このまま ついてきちゃったら)

けれど、女の子はあたしの予想に反して、すぐに、

「じゃ」

と言い、あたしに背を向け、すたすたと歩いていってしまった。

途中で、かち、というカウンター機を押す音が、またした。日ざしが強かった。新緑が、目に痛いようだった。

次の週の同じ時間、あたしはまた教室で女の子に会った。

「あっ、こんにちは」

女の子は言い、カウンター機を一回かち、と鳴らした。

「それ、何を数えてるの」

あたしが聞くと、女の子は小さく笑った。何を数えているかについては答えないまま、女の子は反対に聞き返してきた。

「わたし、日文の二年生。あなたは」

「英文。二年生」

あたしたちは、なんとなくほほえみあった。ほとんど意味のないほほえみ。でも、それ以来あたしたちは、授業が終わった後には、一緒に駅まで歩くようになった。

女の子の名前は、上原菜野《なの》といった。

「あなたは」

そう聞かれて、あたしは少しためらった。

「島島英世」

しまじまひでよ。上原菜野は、つぶやいた。

「へんな名前でしょ」

早口で言うと、上原菜野は首をかしげ、

「でも、あたしの、違う色の両方の瞳よりは、へんじゃないよ」

と言った。

その日はじめて、あたしたちはすぐに電車に乗らないで、駅前でコーヒーを飲んだ。自動販売機で、あたしは微糖のを、上原菜野はミルクと砂糖がたくさん入ったのを、選んだ。コーヒーを飲みながら、上原菜野は二回カウンター機を押した。

「あのね、これ」

上原菜野は言った。

「気持ちが動いた時に、押すの」

ふうん、と、あたしは答えた。

「今は、どんなふうに気持ちが動いたの」

そう聞くと、上原菜野は少し考えてから、こう答えた。

「うれしい、と、おいしい」

そのころあたしは、ちょっとややこしい恋愛をしていた。

ずっとつきあっていたハルオが、よその子を好きになって、別れたのはいいんだけれど、すぐにまた戻ってきてしまった、という状態だったのだ。

ごめん、許してほしい、やりなおしたい。

ハルオは拝むようにして、頼んだ。

あたしは、ふられて、ものすごく傷ついていた。ようやく忘れかけていたところだった。でも、ハルオに拝まれて、あたしは嬉《うれ》しくなってしまった。よりは戻った。

けれど、ものごとは、そううまくは運ばない。せっかくハルオとつきあっても、前とは何かが違ってしまっていた。好き。でも、もどかしい。だけど、好き。

恋愛の相談は、あたしは誰にもしない。

親しい友だちにもしないし、むろん知り合ったばかりの上原菜野にもしなかった。

だけど、結局あたしは、上原菜野に助けられることになる。

カウンター機方式を、あたしは試してみることにしたのである。

ハルオといる時に、どのくらい気持ちが動くか。それを、数えてみることにしたのだ。

びっくりした。

白、五。黒、十八。

それが、ハルオと過ごした五時間のあいだの結果だった。

白は、楽しい方に気持ちが動いた回数。

黒は、いやな感じ方面に気持ちが動いた回数。

あたしは、カウンター機を二つ用意したのだ。

左右の手に一つずつ握りこんで、かち、かち、と、押していった。左手は、白い気持ち。右手は、黒い気持ち。ハルオがいくら訊《たず》ねても、何を数えているのかは教えてあげなかった。

その夜、カウンター機の数字をじいっと見ながら、あたしはしみじみ思った。

十八回も、いやな気持ちになったんだ。

あんまり黒い気持ちの方が多かったので、げんなりするよりも前に、しんとした感慨深い気持ちになった。

「こりゃ、だめだ」

あたしは、声に出して言ってみた。

五対十八。その数字を見た瞬間に、すでにハルオとのつきあいはやめようと思っていたけれど、こうやって声に出してみると、そのことはもう確定的になったような気がした。

あたしは翌日、静かにハルオに言った。別れよ。

うん。ハルオは答えた。そして、さみしそうに、こくりと頷《うなず》いた。


カウンター機を持っているあたしを見て、上原菜野は目をまるくした。

「それって」

上原菜野は言った。

「うん。上原さんの真似《まね》して、あたしも数えてみることにしたの」

「でも、二つある」

あたしは、左手の機械に白い気持ち、右手の機械に黒い気持ちを担当させていることを、告げた。上原菜野は、首をかしげた。

「島島さんは、真面目なんだね」

「えっ、どうして」

「気持ちを、ちゃんと分類しようとするなんて、真面目だよ」

「上原さんは、白黒わけないの」

「うん。だって、いい気持ちがほんとうはいやな気持ちだったり、反対に、いやな気持ちが、後で考えると、楽しい気持ちとつながってたりするから、わたしは、自分の気持ちをちゃんと分類するのが、めんどくさいって思っちゃうんだ」

気持ちを分類するのって、めんどくさい。

上原菜野の言葉に、あたしはちょっとショックを受けた。

「でも、わたしだってやっぱり、島島さんと同じように、真面目なんだね。その証拠に、こうやって律儀《りちぎ》に自分の気持ちを数えてるわけだし。なかなか母親の言うようには、不真面目になれないよね、わたしたち世代は」

上原菜野は、なぐさめともぼやきともつかないことを言い、カウンター機を、かち、かち、かち、と押した。

「三回ぶんのカウントのうちわけ。かわいそう。でもわかる。ちょっとしょんぼり」

上原菜野は、言った。そして、照れたようにほほえんだ。


五対十八。

その数を、あたしはその夜もう一度、考えてみた。

ハルオを嫌おうとして、あえて黒い気持ちをどんどんつのらせていったのかな。

いやいや、やっぱりいやな感じ方面の気持ちが、ハルオと会っている間に自然にやってきたのは事実だし。

でもしかすると、上原菜野の言うように、いやな感じ方面の気持ちが、実はハルオ大好きっていう気持ちと遠くでつながっているっていう可能性も。

いやいやいや、ハルオってようするに、少しもてるからってすぐに浮気しちゃうような男だよ。

ああ、やっぱりあたしまだ、ハルオが好きみたい。

ばか。

ばかばかばか。

もう、ほんとに、ばか。

あたしの気持ちは、ぐるぐるとまわり、あっちへ行き、こっちへ戻り、裏も表も白も黒もごっちゃになっていった。

なるほど。

あたしは思った。

気持ちは、分類できない。それなら、カウンター機を二つも持ってても、しょうがないんだな。

あたしは片方のカウンター機を、机の奥深くにしまった。

ハルオとは、今も時々会う。映画を見たり、カラオケに行ったり、たまには手をつないだりする。

「やっぱり、気持ちって、分類できないね」

あたしは上原菜野に言った。

「ねえ、島島さん」

「なあに」

「島島っていう名字、わたしとっても、好き」

そう言って、上原菜野はカウンター機を、かち、と鳴らした。

「うれしい」

あたしも答え、カウンター機を、かち、と鳴らした。

うしろの席から、顔見知りの中文の女の子が、聞いた。

「それ、何するもの。かち、かち、って、いい音だね」

あたしと上原菜野は、しばらく顔を見合わせていた。

それから、同時に答えた。

「ただの、おまじない」

授業の始まりを告げる鐘が鳴った。あたしと上原菜野は、カウンター機をそれぞれのペンケースにしまった。それから、教科書とノートを、いそいでかばんから取り出し、午後いちばんの眠くてわかりにくい授業にそなえた。

猫を拾いに

ドアをたたく音がした。チャイムがあるのに、わざわざドアをたたくのは、福本さんにちがいない。開けると、やはりそうだった。

「これ」

と言いながら、福本さんがさしだしたのは、赤っぽいかたまりだった。

「縫ったから」

福本さんは言い、広げてみせた。

赤い地に、ピンクとだいだい色の何か(宇宙人?)がうじゃうじゃいる模様の、それはエコバッグだった。

「よかったら、使って」

福本さんは言い、にっこりした。それからすぐに、無表情に戻った。

買い物に行く日だったので、ピンクとだいだい色の宇宙人（もしかするとゾンビかもしれない）模様のエコバッグをさげて、やまもとに行った。やまもとは、朝の六時から夕方の六時まで開いている小さなスーパーだ。

このへんの人たちは、早寝早起きなので、夕方六時を過ぎると誰も買い物に来ない、ということは、ここに越してきてからしばらくして、やまもとのご主人から聞いた。反対に、開店の朝六時には、待ちかねて店頭でうろうろしている人が、三人はいるという。

「ずいぶんへんなバッグ」

大根とにんじん、豚しょうが焼き用の肉、それにしょうがと洗剤の代金を払っていると、やまもとのレジのおねえさんが言った。おねえさん、といっても、ご主人の奥さんだから、たぶん五十代だ。このへんは歳《とし》とった人ばかりなので、五十代でも立派な「おねえさん」だ。

「福本さんにもらった」

と言うと、おねえさんは目をぎょろぎょろさせた。

「福本さん、こないだまで、大腿骨《だいたいこつ》骨折してたんじゃなかったっけ」

「もう治ったって」

「福本さん、いくつだっけ」

「八十五年前から、このへんに住んでるって、たしか」

「じゃあ、もしかして、もう九十過ぎ」

「百歳いってるかも」

町内の人たちの平均年齢は、七十五歳だ。平均年齢の半分もいってないなんて、あらまあ、なんて若い方なの。町内会費を集めにきた福本さんに言われたのは、ここに引っ越してきた、おととしのことだった。

夕飯のしょうが焼きを焼いていると、またドアをたたく人がいた。こんな遅く(といっても、夕方の六時半なのだけれど)訪ねてくる人なんて、珍しいと思いながらあけると、福本さんのいとこの福本ダッシュだった。ダッシュの名前は裕子《ゆうこ》というのだけれど、あまりに福本さんとうりふたつなので、わたしはこっそりダッシュと呼んでいるのだ。

「作ったから」

ダッシュは、タッパをさしだした。どろりとした、黄色いものが入っている。

「カスタード餅《もち》」

ダッシュは、スイーツをつくるのが趣味なのだ。それも、創作スイーツだ。きな粉ものが一番得意らしいのだけれど、今日はきな粉は使っていないという。

「ちょっと待ってて」

そう言い、わたしはいそいでキッチンに行ってカスタード餅を皿にあけた。タッパをごしごし洗って拭《ふ》き、しょうが焼きをふたきれと、ご飯と、たくわんをつめる。

「これ」

さしだすと、ダッシュはくんくん匂《にお》いをかいだ。

「たくわん臭いよ」

「だって、たくわんだから」

ダッシュは、にっこり笑った。それからすぐに、無表情に戻った。

このあたりの住民の平均年齢が、東京のほかの地区にくらべてもことさら高いのは、医院の三代全員の腕がいいからだというのは、近所のひとたちのもっぱらの自慢だ。

樹《いつき》医院は、院長が百十歳、二代目の息子が八十五歳、孫の三代目は女医で、ちょうどこの前の土曜に五十歳になったばかりだ。

樹医院三代のうちの誰かの誕生日には、医院を開放して花火大会が開かれる。医院の庭は、うっそうとした森になっている。東京都の人口が減りはじめてから、樹医院は近隣の売りに出た土地を、どんどん買っていったのだ。

「フィトンチッドは体にいいから」

そう言いながら植林をかさね、今では明治神宮につぐ東京のパワースポットとなっている。植生《しょくせい》が、単一ではなく自然遷移林《せんいりん》にごく近い、というのが、樹医院三代の自慢だ。

土曜日は生理が始まったばかりで、ほんとうはゆっくり寝ていたかったのだけれど、ダッシュがやたら戸をたたいて誘うので、少しだけ花火を見にいった。

「食事もふるまわれるから」

ダッシュは言い、ひったてるようにわたしの腕をつかみ、樹医院の森まで歩いていった。ダッシュは、ものすごく背が高い。大昔はモデルをしていたそうだ。当時は甘いものを制限していたので、スイーツを今作っているのは復讐《ふくしゅう》なのだと、いつか言っていた。

「復讐って、誰への」

「世界よ」

ダッシュは真面目《まじめ》な顔で答えたものだった。

「生理。それって、なんだっけ」

ダッシュは聞いた。

「覚えてないんですか」

「冗談よ」

ダッシュは、持っていたエコバッグに手をいれ、しばらくかきまわした。やがて一枚の写真を取り出した。子供が一人、女が一人、写っている。

「娘と孫。あたしにも昔生理があった証拠」

「今、どうしてるんですか」

「死んだ」

ダッシュはまたエコバッグに手をいれ、かきまわした。錠剤を取り出す。飲みなさい、と言われ、飲みこんだ。錠剤のパッケージには、樹医院のマークがついていた。じきに生理痛は、ひいていった。

花火は小一時間ほどで終わった。医院から森へと続く芝草の上に、いくつものテーブルがしつらえられており、おかゆ、ひじき、かぼちゃの煮たの、肉団子のあんかけ、バナナなどが並べられている。以前はいそべ餅も出されていたそうだが、誰かが喉《のど》につまらせて大変な騒ぎになったので、出なくなった。

ダッシュに肉団子のあんかけとバナナを頼まれたので、紙皿に取った。ダッシュは芝の上に座っている。エコバッグから出したシートを敷き、小さなざぶとんまで用意してある。

「そのエコバッグ、福本さんにもらったんですか」

ダッシュのバッグにも、わたしのと同じ宇宙人（あるいはゾンビ）がプリントされているので、聞いてみた。

「そうよ。そもそもこの生地、あたしがまとめて仕入れてきたの。昔のつてでね。ワンピースも作ったから、夏になったら着てみせてあげるわ。あんたのも作ってあげようか」

いそいで断ったら、ダッシュはすごく不満そうな顔になった。でも、バナナをもぐもぐ食べ、肉団子をたいらげているうちに、すぐに忘れたらしい。

花火が終わってしばらくすると、もう人はまばらになっていた。

「あら、七時」

ダッシュは腕時計をななめにして時間を確かめた。大きなあくびをしながら、ダッシュは立ち上がった。帰り道でダッシュは、ときどき居眠りをした。横にいないので振り返ると、棒のように立ってその場でいびきをかいているのだ。最後には、おぶってダッシュの家まで届けた。玄関まで来ると、ダッシュは急にしゃんとした。そして、何かの動物のような足どりで、すすすと家の中にすべりこんだ。

日本の人口が減りはじめたのは五十年ほど前のことだ。それまでにもすでに少子高齢化が進み、生殖可能な人口の絶対数が減ってしまっていたので、減りかたは急激だった。

「あんたが、このへんで一番若いみたい」

福本さんが教えてくれたのは、ついおとといのことだ。

「会社には、わたしと同じ三十代の人間、けっこういますよ」

「何人くらい」

「四人」

福本さんは笑った。四人ぽっち。あたしらの頃は、あんたの勤めてる規模の会社なら、どの年代の人間も五十人以上はいたわよ。こんな少なくなっちゃ、ほんと、社会がまわってかないわよ。ともかくもっと移民をふやさなきゃ。

日本に来てもなんのメリットもないのだから、移民政策はとられていても、外国の人は誰もこの国には来ないのだ。百年前、福本さんが生まれたころは、東京にはもっとずっとたくさんの人がいて、外国人だっていっぱいいて、そしてそれゆえの社会問題もさまざまに起こっていたのだと、社会の時間に習った。

「ラッシュアワーって、知ってますか」

「もちろんよ」

福本さんは、自慢そうに答えた。

「あのころは、男もいっぱいいて。ナンパとか、あたし、よくされたわ」

なんぱ。それはいったい何のことなのだろう。

「あんたは、恋愛、しないの」

「確率的に無理でしょう、きっと。でも、子供はほしいな」

結婚した同級生は、わたしには一人しかいない。十人いたクラスの（小学校から大学まで、クラスはずっと一つしかなかった）、ものすごく美人の女の子だ。あんまり美人なので、関東全県から男の子たちがしょっちゅう見学にやってきていた。

六十代の、茨城県のほぼ全部の土地を持っている食品会社の社長と、その子は結婚した。精子の運動性は正常だったので、六十代だけれど社長は初婚の女の子と結婚できたのだ。子供を四人も生んで、夫婦は関東府から何枚もの表彰状をもらっている。

明日はダッシュの誕生日だ。回覧板には、その月に生まれた町内の人の名が載っている。忘れたら大変なので、誕生日カレンダーは、いちばん目につくところに置いてある。

わたしたちは、頻繁に贈り物をしあう。それは、新しく買ったものである必要はないけれど、ちゃんとカードをそえてきれいにラッピングしたものでなければならない。人と人との絆《きずな》をまもるために、贈り物は大事なのです。政府広報に、いつも印刷されている。

今月は樹医院の三代目と、町長と、やまもとのご主人の誕生日があったので、手元には贈り物になるものがもう残っていなかった。長く生きてきた人たちは、おしいれいっぱいに贈り物をためこんでいるけれど、若いわたしのような人間はすぐに底をついてしまう。

樹医院の三代目には、古い銀のスプーンを贈った。町長には、折り紙セット。やまもとには、すずりだった。どれも、使いまわされたプレゼントだ。スプーンは自分の誕生日に福本さんにもらったものだし、その前はダッシュが福本さんにスプーンを贈ったのだ。

「あのスプーン、もうのべ二十三回も、もらった」

福本さんは言っていた。

新しいプレゼントを買うお金の余裕を、たいがいの人は持っていないので、プレゼントは流れる水のように、町内の人たちの間を巡回する。だから、もらったプレゼントを使用してはならない。

いくら探してみても、プレゼントになりそうなものは、家の中になかった。それで、わたしは樹医院の森にでかけてゆくことにした。

樹医院の森には、たくさんの動物がいる。りすに、うさぎに、いたち。ふくろうに、たぬき。奥の方にはだちょうの巨大集落があるという噂《うわさ》もある。

数日かけて歩きまわり、ついに見つけた。生まれて間もない猫だ。母猫とはぐれたのか、心細そうによたよたと歩いていた。森の下生《したば》えには、雪が残っている。もう四月なのだけれど、今年は雪が多かったのだ。

連れて帰り、よく洗ってやって、リボンで首輪をした。あんまり可愛《かわい》いので、ダッシュに贈るのはもったいない気持ちになったが、まあいい、遊びにいってなでさせてもらえばいいのだ。

猫を贈ったら、ダッシュはすごく喜んでくれた。そして、

「あたしたちは、じきに、ほろびるんだね」

と言った。ほろびる、というのは、ダッシュの好きな話題だ。

「ダッシュは、じきに死ぬから、いいよ。わたしたち若者は、どうしたらいいの」

そう言うと、ダッシュは少し考えてから、

「かわいそうにね」

と言った。ダッシュには珍しく、ほんとうにかわいそう、という表情だった。それからすぐに、無表情になった。

猫は、ときどきなでさせてもらっている。

「この猫は、誰かのプレゼントには使わないの」

いつまでもダッシュが猫を手元に置いているので、聞いてみた。

「たくさん、プレゼント用にためこんである古いものが、あるからね。もしあたしが死んだら、あんたにやるよ、ためこんだプレゼント」

ためたプレゼントをもらえるなら、早くダッシュが死ねばいいと一瞬思ったけれど、それも寂しいので、やっぱり思わないことにした。今度は、自分用の猫を拾いに、樹

医院の森へゆこう。そして、ダッシュの猫につけたのよりも上等なリボンを、首にまいてやるのだ。

まっさおな部屋

それって占いなんですか、と聞いたのは、亜美《あみ》ちゃんだ。

ううん、占いとは、ちがうの。桐谷《きりや》さんは、首をふった。

桐谷さんは、あたしと亜美ちゃんとふみ乃《の》ちゃんの上司で、あたしたち四人はネイルサロン「ローズヒップ」に勤めている。

サロンの経営者は、このあたり一帯の土地をたくさん持っている男の人だ。ネイルサロンのほかに、日焼けサロンもやっているし、あとはヘアサロンにエステサロン、ヨガサロンに脱毛サロン、それに囲碁サロンとオセロサロンまで経営しているという、手広い商売人だ。いっぱいサロンを経営しているので、あたしたちは社長のことを「サロンキング」と呼んでいる。

サロンキングは、桐谷さんの恋人だ。愛人関係ではなく、ちゃんとした恋人。少なくとも桐谷さんの方は、そう言っている。サロンキングは独身だから、恋人、という表現は必ずしも間違ってはいない。でも、奥さんがいないかわりに、サロンキングには、桐谷さんのほかに何人もの「恋人」がいる。

桐谷さんは、四十歳だ。美人で、スタイルがよくて、少しだけ不幸そうな桐谷さん。

あたしたちは、サロンが終わったあと、近所の居酒屋で飲んでいるのだ。月に一回くらい、あたしたちはこの居酒屋にくる。たいがい、桐谷さんがおごってくれる。

「占いじゃないんなら、何なんですか」

亜美ちゃんはくいさがった。

「それは、行ってみればわかるの」

そのお店はとても不思議なお店なのだと、桐谷さんは言う。お店に入れるのは、恋の悩みを持つ人間だけ。悩みをうちあけると、店主が必ず解決してくれる。

「だから、それってやっぱり占いっぽいじゃないですか」

「でも、占いは、アドヴァイスだけでしょう。そのお店では、ちゃんと悩みを解決してくれるのよ」

「えっ、じゃあ、恋の願い事をかなえてくれるっていうこと」

ふみ乃ちゃんがつぶやく。

「うーん、かなえるっていうか、まあ、いろんな解決法があるみたい」

桐谷さんは、少し首をかしげた。

亜美ちゃんとふみ乃ちゃんとあたしは、顔を見合わせる。

いったいそれって、どんなお店なんだろう。

サロンキングが、また新しい恋人をつくったのだと、亜美ちゃんが教えてくれた。

「じゃあ、全部で十三人になったの」

ふみ乃ちゃんが指をおって数える。

「十三って、不吉だね」

「でも、実はもっといるのかも」

「桐谷さん、また美人になったんじゃない？」

あたしたちはひそひそ言い合った。桐谷さんは、サロンキングの恋人が増えるたびに、ますますきれいになる。

その日は、忙しい日だった。残暑のせいでお客さんたちはみんな疲れていて、そうすると、注文がいつもよりこみいってくるのだ。

「象ときりんを一つの爪《つめ》に描くことは、できないの」

「今まで見たことないくらい、でこでこしたのにして」

「日曜までに少しでもはがれたら、ほんとに困っちゃうんです」

さまざまな事情と気持ちをかかえたお客さんが、さまざまな細かい注文をしてゆく。いつもより一時間半長く、あたしたちは働いた。桐谷さんは、あたしたちを居酒屋に誘った。ふみ乃ちゃんは「ちょっと、やぼ用」と言って帰っていったけれど、亜美ちゃんとあたしはついて行った。

金曜日の居酒屋は、にぎやかで煙っていた。

「ふみ乃ちゃん、お店に行ったんだって」

開口一番、亜美ちゃんが言った。

「お店って」

あたしは、とぼけた。でも、胸がどきどきしていた。

「桐谷さんが教えてくれた、占いのお店」

「だから、占いじゃないって」

やきとりをていねいに串《くし》からはずしながら、桐谷さんは首をふった。ここの居酒屋は、やきとりセットを頼むと、五本出てくる。一つ一つの串から肉をはずして、公平に食べるというのが、桐谷さんの流儀だ。

「ふみ乃ちゃんの彼って、へんなセックスするらしいよ」

亜美ちゃんの顔がピンクにそまっている。酔っぱらっているのだ。

「へんなって、どんな」

「受け身、っていう言葉、ふみ乃ちゃんは使ってた」

「受け身、か」

桐谷さんは言い、肩をすくめた。

「いいじゃない、受け身」

「そうですかあ。あたしは、いやかも」

亜美ちゃんは笑う。

「ふみ乃ちゃんもいやだから、桐谷さんの教えてくれたお店に行って、解決してもらったんだって」

「で、どうなったって」

「さあ」

亜美ちゃんは、首をかしげた。それから、くしゅん、と一つくしゃみをした。

あたしは、砂肝《すなぎも》を一つ、お皿に取る。それから、レバーも。

このごろふみ乃ちゃんは、少し不幸そうにみえる。悩みを解決してもらって、どうして不幸そうなんだろう。

そういえば、桐谷さんもいつも不幸そうだ。桐谷さんだって、そのお店に行って悩みを解決してもらっているのに。

あたしはまた、どきどきしはじめた。

あたしにも、恋の悩みがあるのだ。


路地の奥の、またその奥の細い道をくねくね行って、いったんビルにのぼって屋上まで出て、そこから空中廊下をつたって隣のビルまで渡り、さらにエスカレーターで地下まで行き、そこからのびているトンネルをしばらく歩いたところにある部屋の階段をのぼって地上に出、さらにまた数分歩く。という複雑な道すじは、桐谷さんに教わった。

ようやくたどり着いたお店の扉を、あたしはこわごわ開けた。

「ごめんください」

お店の中は、まっさおなペンキで塗られていた。

「ちゃんとお金は払えるの。払えない子は、帰ってよ」

奥の方から、小鳥がさえずるような声が聞こえてくる。

「払います」

あたしは答えた。

三万九千五百円。それが、このお店に払うべきお金なのである。

「高いですね、けっこう」

その値段を桐谷さんが教えてくれた時、亜美ちゃんはぶつぶつ言っていた。けれど
ふみ乃ちゃんの方は、うなずいていた。

「悩みを解決してくれるんなら、高くはないと思う」

そう、そうなのよ。桐谷さんも、うなずいた。

「よく来たわね」

小鳥の声の主が、姿をあらわした。とっても小さな、おばさんだった。

おばさんは、頭のてっぺんにおだんごをつくり、ムームーを着ている。ムームーの

模様は、バナナ。

「で、悩みはなに」

さっそくおばさんは始めた。

「あのう」

念のため、あたしは質問してみる。

「悩みって、ほんとうに、解決できるんですか」

ぎしぎしぎし、という音がした。おばさんが、椅子《いす》を揺らしたのだ。椅子も、卓も、部屋と同じ色、まっさおに塗られている。

「もちろん」

おばさんは答えた。もう一度、椅子をぎしぎし鳴らす。

あたしは少しひるんだ。

「ほんとに、ほんとですか」

「はいな」

おばさんはまた、さえずった。

「でも、だめだったら」

「そりゃあね、たまにだめな場合も、あるわよ。わたしも神様じゃないからね」

「少し、迷ってもいいですか」

あたしは聞いた。

「いいわよ。でも、時間は一時間まで。それ以上は、延長料金をいただきます」

バナナの模様ごと揺れながら、おばさんはきっぱりと言った。

「どうしよう」

あたしは頭をかかえた。おばさんは、にこにこしている。そして、時々、

「あと二十五分」

「あと二十一分」

と、のんびりした口調で教えてくれる。

最後まで、あたしは迷った。そして、決めた。

数分後、あたしは三万九千五百円を払って、お店を後にした。

「お店に行ってきた？」

翌日お店に出勤すると、すぐに桐谷さんはあたしに声をかけた。

「はい」

「何を、解決してもらったの」

「いれずみ」

あたしは小さな声で答えた。

昔、あたしは恋人の名前を、足のつけねに彫《ほ》ったのだ。でも、その恋人とはすぐに別れた。消してもらえばいいやと思っていたら、あたしの体質が特殊だったらしくて、消せば消すほど、浮き上がってくるのだ。

今の恋人は、そんなものどうでもいいよ、と言ってくれている。

あたしも、そういうのはどうでもいいって、思っていた。

でも、この前あたしは、見てしまったのだ。恋人が、じいっとあたしの足のつけねを見つめているところを。あたしが眠っていると油断していたにちがいない。恋人は、とても悲しそうな顔をしていた。きっとあれが、恋人の本心なのだ。

あたしがその時ぱっと目を開いたら、恋人は言ってくれたことだろう。悲しくないよ、と。でも、やっぱりそうじゃない。昔のことは、記憶の中に沈んでゆく。でも、こうやっていまだに体の表面にうきあがっている記憶は、いつまでたっても沈んでいってくれないのだ。

「で、解決、した」

桐谷さんが聞く。

あたしは、あいまいにうなずいた。なぜなら、お金を払ったのに、いれずみは消えなかったからだ。でも、違う見方をするならば、いれずみは消えた、ともいえる。いれずみは、今も同じ場所にある。ただし、いれずみの名前が、変わった。今の恋人の名前に。

「なんだかそれ、昔話の、三つの願い事をかなえてあげます、とかいうお話みたい」

亜美ちゃんは笑った。

「そう。かなえてもらったけど、罠《わな》だった、みたいな」

あたしも笑う。

珍しく、今日は亜美ちゃんと二人で居酒屋に来ているのだ。

「ひよりちゃん、なんだかふみ乃ちゃんや桐谷さんと、似た雰囲気になってこない？」

亜美ちゃんは言う。

「不幸そう？」

「うん」

亜美ちゃんにも、恋の悩みがあるのだという。

「亜美ちゃん、お店に、行く？」

「たぶん、行かない。だって、不幸そうになりたくないもん」

でも、恋をすると、誰でもちょっぴりずつ不幸になるよ。あたしがそう言うと、亜美ちゃんはまた笑って、それから、あたしにさからうように、言った。

「わたしだけは、幸福でいてみせる」

あたしは、お店のおばさんを思いうかべる。おばさんは、けっこう幸福そうにみえた。頭のおだんごと、バナナ模様が、ポイントかもしれない。

ネイルサロンには、今日もたくさんのお客さんが来た。このご時世に、ラッキーなことよ。あなたたちのおかげね。そう言いながら、桐谷さんは丹念に帰り支度をしていた。今日はきっと、サロンキングとのデートだ。

いつか別れるかもしれなくとも、あたしの名前を彫ってもらうよう、恋人に頼もうかなと、あたしはこのごろ、ふと思う。恋って、たまらん。亜美ちゃんが、つぶやいている。うん、たまらんよ、たまらん。あたしもつぶやく。

やきとりの串に、あたしと亜美ちゃんは、かぶりついた。串から肉をはずして分けて食べるのって、ほんとはいやだよねー。あたしと亜美ちゃんは言い、声をそろえて笑う。亜美ちゃんの笑顔は、幸福そうな笑顔。あたしの笑顔は、少し不幸そうな笑顔。やきとりは、行儀悪くかぶりつく方が、だんぜんおいしかった。

ミンミン

この町と隣の町の、ちょうど境にある小さな神社には、鎮守《ちんじゅ》の森がある。

都市にあるたいがいの小さな神社は、森らしきものが背後にひかえているようにみえても、その森はごく浅くて薄いことが多い。昔はたくさんの椎《しい》の木や樫《かし》の木が神社を取り囲んでいただろうところも、だんだんにその木《き》が伐り倒され、敷地がこまぎれに売り払われ、狭くなっていった。だから今では、わずかに数本の巨木だけがその昔の森のなごりのように残っている、そんな神社ばかりになってしまっているというありさまだ。

けれどこの神社の森は、正真正銘、古来から変わらずある正式な鎮守の森であって、それはまったくもって得難いことであり……

「ふうん、そうなんだ」

と、僕がさも感心したようにあいづちを打ったら、円矢《まるい》さんは僕をにらんだ。話の腰をおられたので、きっと怒っているのだ。

「わかっとるのか、きみは。そもそもだね、ちかごろの日本人ってものは」

そう続けようとするので、僕は笑いだしてしまった。だって、真面目《まじめ》くさっている円矢さんが、かわいかったから。

円矢さんは、小さな人だ。

昔はこのあたりにも、私たちは多くいたのである。でも今では、村一つしかなくなってしまった。大昔は、大きいきみたちと小さい私たちは共存していたはずなのだ。だからこそ、この神社にあるような大きな狛犬《こまいぬ》と小さな狛犬が、今も残っているのである。円矢さんはいつか、そう説明してくれた。

たしかにこの神社には、入口にある大きな一対の狛犬のほかに、賽銭箱《さいせんばこ》のすぐ前に、ごく小さな、ねずみほどの狛犬が置いてある。

「それこそが、昔は小さな私たちがたくさんいた証拠にほかならない」

円矢さんは、いばって言う。

「でもその狛犬って、この神社の宮司《ぐうじ》さんの趣味の木彫り細工だって、いつか聞いたことがあるけどなぁ」

僕が言うと、円矢さんはものすごく怒った顔になり、小さな体をせいいっぱいのばして、僕に指をつきつけた。

「私たちの尊厳を傷つけるような、そういう妙なことは言わないでほしい。この小さな狛犬が、たしかに大昔から伝わっているものにほかならないということは、私たちの役場の研究できちんと証明されているのだ」

円矢さんは本気で怒っている。その顔が可笑《おか》しくて、僕はますます円矢さんをからかいたくなってしまうのだった。

円矢さんと知り合ったのは、僕が小学生の頃だったから、もう十年以上も前ということになる。円矢さんは、当時とほとんど様子が変わっていない。たぶん年齢は、最初に会った時が四十そこそこ、だから今は五十を過ぎたろう。ふっくらふとっていて、白髪まじりの髭《ひげ》をはやしている。僕の両のてのひらをあわせた上に乗っかってしまうくらい小さいけれど、れっきとした人間である。こびと、と言うと、円矢さんは怒る。私たちはきみたちを巨人とは呼ばない。大きい小さいは、ただの個体差にすぎない。だから、こびとだの巨人だの、そういう区分わけのような呼びかたは、ごめんこうむりたい。

円矢さんとはじめて会った時には、そりゃあ、びっくりした。当時僕は、この神社の鎮守の森の奥に来て、一人でぼんやり地面にしゃがんでいるのが、好きだったのだ。小学生の頃、僕にはほとんど友だちがいなかった。友だちをつくるのって、一種の、なんというか、間のよさのようなものが必要だから。

僕は、間の悪い子供だった。たとえば、クラスの子とかわす会話。どうしてみんなは、誰かが何かを言ったすぐ後に、するっと自分が喋《しゃべ》りはじめることができるんだろう。

僕が誰かと喋ろうとしても、いつもなんだか会話はぽつぽつ切れてしまうのだ。話したいことがないわけじゃない。相手の言うことに興味がないのでもない。ただ、なぜだか僕が喋りはじめようとすると、相手もたいがい同時に喋りはじめるのだ。そして、僕があわてて黙ると、相手もあわてて黙る。

たとえば「にらめっこ」だったら、同時に「あっぷっぷ」と言って、同時にへんな顔をすればいいのだけれど、会話はそうじゃない。会話は、たくみにタイミングをずらしながら交互におこなわなければならない。その間合いを、僕はどうしてもうまくはかれなかったのだ。

はじめての時、円矢さんは、樫の木のうしろからあらわれた。

「ため息かね」

円矢さんは言い、腕組みした姿勢で、しゃがんでいる僕を見上げた。

僕は一瞬、びくりとした。大きなかえるだと思ったのだ。

「いや、かえるではない」

円矢さんは言い、髭をしごいた。

「あなたは、だれ」

僕は聞いた。

円矢さんは、地面に自分の名を書きつけた。樫の小枝でもって、堂々と。

円矢円一
小学生だった僕に、「矣」なんていう字は当然読めなかった。

「まるいまるいち」

円矢さんは、胸をはって自分の名を名乗った。

僕は、爆笑した。だって、マルイマルイチなんて、まるで語呂《ごろ》合わせみたいではないか。

僕はすぐに円矢さんに対する警戒心をといた。マルイマルイチなどという愉快な名前の人に対して、いつまでも用心しつづけることなど、できはしない。

「笑うなんて、失礼な子供だと思ったよ」

円矢さんは、後にぶつぶつこぼした。

「でもきみは、笑いながらちょっと泣いていたな」

「泣いてなんかいなかったよ」

僕は言い返したけれど、実際のところ、大笑いしながら涙が出てきてしまったのは、ほんとうのことだった。

涙が出たのは、あの時、自分に友だちがいないと思いなやんでいたことを、あらためて思い出して悲しくなったから、ではない。可笑しすぎて、笑いすぎて、涙が出てきたのだ。

「いやいや、あれは、感極《かんきわ》まった涙だった。たとえそれが笑いすぎの涙だとしても、そんなに笑いすぎるほど笑うなどという行為は、少なからずヒステリックなものであり、それはつまりきみの心の中にあるひそかな悲しみがあふれ出たしるしであり

「……」

円矢さんが長々とつづけはじめたので、僕は咳払《せきばら》いをした。

「きみの複雑な気持ちはわかるから、この話は、まあ、これでしまいにしよう」

複雑って、べつに複雑でもなんでもないのに。僕は内心で思った。円矢さんは、満足そうにうなずいている。ちぇっ、小さな人のくせして。僕は思ったけれど、もちろん口に出しては言わなかった。

円矢さんを訪ねるのは、たいがい僕がもやもやしたものをお腹《なか》にかかえている時だ。

捨てられていた仔犬《こいぬ》を拾ったけれど、家では飼えないと言われた時。

クラスの子がいじめられているのに味方しようとしたら、「人気もないくせにそんなことすると、すぐに一緒にいじめられるようになっちゃうぞ」と言われた時。

別れた女に借金を踏み倒された友だち——小学校の頃は友だちがいなかった僕だけれど、大きくなってからは、ほんの少しだけれど、友だちができたのだ——が、それでもまだうじうじとその別れた女に尽くしているのを知ってしまった時。

国会中継で、下品な野次をいっぱい聞いた時。

「もうあとこれ一つしか残ってませんよ」と言われて買ったパソコンまわりのアクセ

サリが、翌日また同じ店で売られているのを発見した時。

深刻から気軽まで、卑近から形而上《けいじじょう》までの、あらゆるもやもやを、僕は円矢さんのところにもちこむ。そして、円矢さんの前で、そのもやもやを解きはなつ。

「どうしてきみは、そのもやもやエネルギーを、直接もやもやの対象にぶつけないのだ」

ときどき、円矢さんは首をかしげる。

「そんな勇気、僕にはないし」

僕が答えると、円矢さんは苦笑する。

「それだけきちんと私にもやもやの発生過程や原因を説明できる力があるのなら、もやもやの現場でもやもやを解決することもできると思うんだが」

そうかも。でもやっぱり、だめだな。僕は答え、少しうなだれてみせる。すると、円矢さんはあわてて僕をなぐさめてくれるのだ。

「いやいや、無理はしないことだ。きみは、そのままのきみで、充分に素敵だし、充分に存在価値があるのだ」

円矢さんの、へんに大仰《おおぎょう》ななぐさめの言葉に僕はまた笑いだし、その頃にはなんとなくもやもやは晴れている、という寸法なのだった。

「円矢さんの村には、どんな人がいるの」

ある時、僕は聞いてみた。円矢さんの村の、全人口は五十人ほどだそうだ。大きな建物は、村役場と病院だけ。役場の人と医師と看護師以外は、農民だそうだ。

「数は少ないが、それぞれいろいろだ」

「恋愛とか、どうやってするの、そんなに人数が少なくて」

「あんまり、しないようだ」

「円矢さんは、結婚してるの」

「している」

「えっ、じゃあ、子供もいるの」

「いる。二人」

円矢さんのその答えに、僕は少しばかり驚いた。円矢さんの年からすれば、結婚しているのも、子供がいるのも、当然かもしれない。けれど、円矢さんの浮き世離れした雰囲気から、僕は勝手に、円矢さんは独り身の変わり者として村で遇されているように思いこんでいたのだ。

「結婚って、どんな感じ」

僕は聞いてみた。

僕には、恋人がいない。それどころか、女の子とふつうに二人きりで会ったことも、今までに二回しかない。二回とも、大人になってからできた数少ない「友だち」が、女の子を紹介してくれたのだ。

でも、一回会った後は、女の子たちは二度と僕と会おうとはしなかった。

「きみは、好きな女は、いるのかね」

円矢さんは、反対に聞き返した。

「いないよ」

答えると、円矢さんは、僕の顔をのぞきこんだ。

「きみは、女にもてないだろう」

僕は、少なからずむっとした。なぜなら、円矢さんの言葉は、図星をついていたからだ。

「そうだけど、悪い？」

円矢さんは、腕を組んだ。それから、すぐにその腕をほどいて、顎《あご》に当てた。何かをじっと考えているふうである。

やがて円矢さんは、真面目なくちぶりで言った。

「悪くはない。悪くないさ。もてて次々に女をくいものにするよりは、ずっとましだよ」

僕は肩をすくめた。二度と僕に会おうとしなかった女の子二人の顔を思い出そうとしたけれど、両方の目や鼻がまじりあってしまって、うまく思い出せなかった。

鎮守の森は、涼しい。どんなに暑い夏の盛りでも、まわりよりも三度は気温が低いように感じられる。

あれ以来、僕はときおり円矢さんに女について教えを乞《こ》うようになった。

そうすると円矢さんは、小さい人たちの恋愛事情の話をしてくれる。

「円矢さんたちは、どんなふうに女とつきあうの」

「きみたちと、変わりはない」

ふうん、と、僕は思う。変わりない、と言われても、まだ女とちゃんとつきあったことのない僕には、そのあたりのことは、ちんぷんかんぷんだ。

「女って、何考えてるのか、僕にはぜんぜんわからないや」

「それは、私も同じだ。どんなに長く女と住んでみても、女の考えることは、謎《なぞ》なのである」

円矢さんは、ごく真面目くさった顔である。

「そういえば、小さい人間なのに大きい女を好きになってしまった変わり者が、私たちの村にはいる」

思い出したように、円矢さんは言った。

「大きい女を好きになるって、つまり、円矢さんが僕の母親のことを好きになる、みたいなこと？」

僕はびっくりして聞き返した。

「私は、きみの母親のことは恋愛対象とはしない」

「いや、たとえばの話で」

「きみが義理の息子になった後に、このように闊達《かったつ》につきあいつづける自信は、私にはない」

円矢さんはあくまで、真面目なのだった。

蟬《せみ》が、よく鳴いている。今日も真夏日となります。朝の天気予報で言っていた。大学の夏休みは長くて、バイト以外の時間を、僕はもてあましている。あいかわらず僕には友だちが少なくて、でも今では、たいしてそのことを気に病んでいるわけではない。

「暑いなあ、それにしても」

僕が言うと、円矢さんはうなずいた。

「夏は、暑いものだ」

円矢さんの頭のてっぺんを、僕はなんとなく見つめた。最初に会った時よりも、いくぶんか薄くなっている。白髪も、ふえた。おなかまわりも、以前よりまた少しふとくなったような気がする。

女たちのことを知らないのと同様、ほんとうは目の前の円矢さんのことも、僕は何も知らないんだと思った。

鎮守の森が、ざわざわと風になびく。円矢さんは小さくて、僕は大きい。円矢さんによれば、それはただの個体差にすぎない。

「今に、女と、できるかな」

僕は、つぶやいた。

円矢さんは、うなずいた。けれど次には、首を横にふった。

「できても、その先が、難しい」

「ちぇっ」

蟬の鳴き声がひときわ高くなった。蟬のやつら、このくそ暑い真夏日のよろこびを、うるさくミンミン言いたてやがって。

「ミーンミンミン」

僕は、蟬の声をまねして鳴いてみせた。円矢さんは、僕と蟬のさわがしさに、顔をしかめた。

「蟬の鳴き声は、雌に対する求愛の言葉だということを、もちろんきみは知っているだろうね」

知らないよ。そう答え、僕はミンミンと鳴きつづけた。円矢さんは、さらに顔をしかめた。その顔が可笑しくて、僕はますますミンミン言いたててやるのだった。

クリスマス・コンサート

ずっと、隠してきたことがある。

あたしは、サンタクロースを信じたことが、一度もないのだ。

最初に「サンタクロース」というものの存在を知ったのは、保育園に通っていた頃のことだ。保育園の中でも、ことに上のクラスのおねえちゃんやおにいちゃんたちが、クリスマス近くになると、いそいそ、そわそわ、しだすのだ。

「おれさあ、おてがみかいた」

「マジ？　おいのりするだけじゃ、だめなのかな」

「わかんねえ。うちのママは、おてがみがいいって、いってた」

今考えてみれば、たったの五歳だか六歳だかの子供たちの、言葉づかいだけはいっぱしな、でもその中身は「サンタクロースさんへのおてがみ」についての純真で素朴な会話である。

でも、あたしはいつも、そういうやりとりを苦々しく聞いていた。

サンタクロース。

まず、その響きが、あやしかった。

世界じゅうの子供たちみんなに、プレゼントを配ってまわる、ということも、不可能だとしか思えなかった。

いい子のところに来る、というのも、なんだか感じ悪かった。

でも、それらにも増していちばん受け入れがたかったのは、「サンタクロースには、夢がある」という、剣呑《けんのん》な雰囲気だ。

あたしは、夢のない、子供だったのだ。

夢のない子供だったあたしは、夢のない大人へと、ちゃくちゃくと成長していった。

今あたしは、二十歳だ。

恋人は、いない。大学を卒業したら公務員になりたいので、毎日三時間、そのための勉強をしている。趣味はヴァイオリン。

「坂上《さかがみ》って、なんか、えらいよなあ」

この前あたしは、伊吹《いぶき》に言われた。

「えらい」とか「まじめ」とかいう形容を、あたしはしばしばされる。自分ではえらくもまじめでもないと思っているのだけれど、ほかのみんなとの比較対照においては、確かにえらいしまじめなのかもしれない。だから、伊吹の言葉も、よくあることとして聞き流してしまえばよかったのだ。

でもなぜだか、あたしはむっとした。

「べつに」

あたしは冷たく言い返した。

伊吹は、学内オーケストラの同期の男子だ。楽器はチェロ。いつかヨーロッパに行って大好きなチェリストに一回でもレッスンを受けてみたい、というのが、もっかの伊吹の「夢」だそうだ。

そう。伊吹はあたしと正反対の、夢をたっぷりと持っている男なのである。

「坂上、もしかして、伊吹のこと好きなの」

この前、あたしは千絵《ちえ》に聞かれた。

「は？」

　というのが、あたしの簡潔な答えである。

「だって、いつも坂上、伊吹につっかかるじゃない」

「そんな小学生みたいな恋愛表現、しないよ」

「そっかー。つまらないの」

　千絵は、この一年ほど半村《はんむら》と恋愛をしている。半村、千絵、あたし、伊吹は、弦楽カルテットを組んでいるのだ。だから、四人で行動することが多い。

「伊吹、すっごくいい男なのに」

　千絵は、あたしの顔をじっと見ながら言う。

「たしかに」

　伊吹は、バイトでメンズモデルをしている。足はものすごく長い。お腹《なか》も割れている。性格にも難がないし、成績もいいらしい。そのうえ、顔までいいときたら、もててもてしかたないはずなのに、恋人もつくらず、いつもあたしたちカルテット仲間と行動を共にしているのだ。

「不思議だよね」

「ゲイかね」

「半村狙《ねら》いか」

「ちがうね」

「ちがうな」

同時に言い、あたしと千絵は笑った。

「伊吹と、つきあっちゃいなよー」

千絵は言った。でもあたしは、伊吹とつきあうつもりは毛頭ない。たぶん伊吹の方も、同じだ。そういうことは、なんとなく、わかるものなのだ。

湖の道を、あたしは歩いていた。ここの湖畔の民宿で、オーケストラ部は毎年秋合宿をするのだ。

いつものカルテットの四人だけでなく、オケの他のたくさんのメンバーもいるので、まだ二日めなのに、あたしはすっかりくたびれていた。

「楽しいねえ」

休憩時間、みんなを避けて湖ばたを歩いていたら、うしろから伊吹が追いついてきて言った。

「楽しくないよ、べつに」

「そうかなあ、みんなで曲を完成させていくのって、すっごい夢があるじゃん」

「はあ、よかったね」

あたしは、できるだけ疲れをにじませた声で言った。伊吹は、くちぶえなんかふきながら、ついてくる。

「伊吹、あたし、こっちの道を行く」

「じゃあ、おれも」

「そんなら、そっちの道を行くよ、あたしは」

「じゃあ、おれも」

伊吹は、ちっとも離れてくれなかった。あたしはむっつりしたまま、湖の道を歩きつづけた。風がつめたい。木の葉はあらかた散っている。つながれたヨットが、さざなみに揺られていた。

「もうすぐ、クリスマスだな」

山の方を見上げて、伊吹が言った。

「おれ、サンタクロースって、まだちょっと信じてるんだ」

あたしは黙っていた。伊吹なら、さもありなんだ。

「クリスマス、どっか行かない」

伊吹が聞いた。くちぶえの合間に。

「行かない」

あたしはすげなく答え、足をはやめた。

伊吹は、そのあとすぐに彼女をつくった。一年で別れ、次の彼女ができ、また次、そしてその次になる頃には、いったい伊吹がどんな相手とつきあっているのか誰にも把握できないくらい、伊吹はたくさんの女の子と並行してつきあうようになっていた。でも、伊吹はあたしたちのカルテットの活動だけは、ちゃんと続けていた。

「オケの方は、忙しくてだめなんだけど」

そう言いながら、伊吹はカルテットのチェロのパートを完全にさらってくるのだった。

「ねえ、そんなにたくさんの女の子と、どうしてつきあうの」

千絵は、ときどき伊吹に聞いた。

「わからないけど、女の子たちって、夢があるから、好きなんだおれ」

「はあ?」

あたしと千絵は、声をそろえた。半村は笑っていた。

四年生になると、カルテットは活動を停止した。

「就活が終わって、暇ができたら、またやろうな」

半村も伊吹も言っていたけれど、結局カルテットを再開することはなかった。半村と千絵が、別れてしまったからだ。

卒業してからは、時間はとぶように過ぎていった。

伊吹は銀行に勤めた。千絵は小さな編集プロダクション、そしてあたしは予定通り公務員になった。

半村以外の三人で、あたしたちは時々集まった。千絵はたいがい遅れてやってくる。

「編プロって、ほんっと、体力いるわ」

そう言いながら、たいがい二軒めあたりで、ようやく千絵は合流する。

伊吹は、銀行員になってからも、たくさんの「夢」を持ちつづけていた。休日にはボーイスカウトの指導員をしていたし、どこぞに土砂崩れ地震洪水噴火あればすぐに飛んでいってボランティアとして働くし、チェロだってちゃんと弾きつづけているらしかった。

「今、彼女、何人いるの」

いつか思いついて聞いたら、伊吹は肩をすくめた。

「なんか、時間なくなったから、やめた」

女の子には夢があるから、好きなんじゃなかったの。

いやあ、人の夢じゃあ、しょうがないし。

やっぱり伊吹はよくわからん。そう思いながら、あたしはつくづく伊吹を眺めた。

あいかわらず、感じのいい、容姿端麗の、非のうちどころのない男だった。


今度さ、ヴァイオリンとチェロの合奏しない。

伊吹からそう言われたのは、勤めはじめて五年くらいたった頃だったか。

べつに断る理由もないので、あたしは承知した。

月に二回ほど、あたしは伊吹の家に通うことになった。伊吹はまだ実家に住んでおり、その家は庭の広い和風の二階屋だった。伊吹の部屋は思っていたよりもずっと殺風景で、本棚が一つに小さな机が一つあるだけの、古びた八畳間だった。

「絵とか小物とか、ないんだね」

あたしが言うと、伊吹はうなずいた。

「何もない方が、めんどくさくない」

「夢」を持っている男の部屋には、なんとなくたくさんのものが飾ってあるんじゃないかと、あたしは思っていた。

「めんどくさくない、かあ」

あたしは伊吹の顔を見た。いつもよりも、伊吹は寒そうにみえた。


伊吹との合奏は、思いのほか充実していた。人まえで演奏するためでなく、純粋に自分たちのためだけに曲をさらうのは、楽しかった。あたしたちは、二曲、五曲、十曲と、レパートリーをふやしていった。

いつの間にか、あたしも伊吹も三十歳を過ぎていた。伊吹も千絵もあたしも、だんだん「働きざかり」になりつつあった。

たまに三人で会う時は、必ず千絵の「ぶつぶつ大会」になった。まず第一に、会社の上司に対するぶつぶつ。次に、会社の後輩に対するぶつぶつ。そのまた次に、仕事先に対するぶつぶつ。そして次に、もっかの恋人に対するぶつぶつ。

「千絵は、生きる気力を持ってるなあ」

伊吹は感心したように言った。

「伊吹だって、いっぱい夢もってるじゃん」

あたしが言うと、伊吹は首をかしげた。

「夢って、なにそれ」

「だって伊吹、すごく前向きに生きてるじゃない。ボランティアしたり、女の子といっぱいつきあったり、それにサンタクロースも信じてるし」

伊吹は、ぽかんとした顔になった。

「ボランティアとか、女の子とか、サンタクロースとかって、夢なの？」

あたしは言葉につまった。なるほど、そう言われてみれば、そうかもしれない。

「夢」って、何なんだろう。よく考えてみると、すっごくへんな言葉だ、「夢」。

あたしと伊吹のやりとりを聞いていた千絵が、ぽつりと言った。

「あのさ、伊吹と坂上って、似てるよね。ぜんぜん似てないけど」

その夜は三人で四軒めまで行き、翌日はふつかよいでさんざんだった。


でもやっぱり、伊吹は夢を持っている男だと思う。

なにしろ、サンタクロースを信じているんだもの。

あたしと伊吹は、クリスマスイヴにミニコンサートを開いた。といっても、実際に人まえで弾いたのではない。伊吹の部屋で、きちんと礼装して、二人だけのコンサートを開いたのだ。

お客は誰もいなかったけれど、数百人ほどの聴衆が会場をうめつくしている、という設定で、あたしたちはちゃんとアンコール曲まで弾きおえた。

最後に、立ち上がった伊吹とあたしは、がっしりと握手した。

万雷の拍手。

は、聞こえなかったけれど、すごく気持ちがよかった。

「坂上、ちょうど今日はクリスマスだし、これからどっか行かない」

アンコールの後、楽屋（ほんとは廊下）にひっこんだ伊吹は、言った。

「でもクリスマスって、不得意なんだ、あたし」

「サンタクロースを信じたことがないから？」

伊吹はあたしをじっと見つめている。今もかわらずきれいな顔だなあと、あたしは思った。でも、髪は少しうすくなっている。

「おれ、ずっと坂上のこと好きなんだけど、そのことは、知ってた？」

「えっ」

あたしは息をのみ、まじまじと伊吹を見返した。

「いつから」

驚きながらも、あたしはたしかめた。

「最初から」

「えっ」

あたしはまた、息をのんだ。まさか。

「坂上って、頭固いからな」

そのあと、あたしたちはクリスマスイヴの街に出て、夕飯を食べた。モツ焼き屋さんで、ビールとホッピー。それにワインを一杯ずつ。

イヴの街には、クリスマスソングがいっぱい流れていた。

あたしと伊吹は結婚して、今は子供が二人いる。

クリスマスには、サンタクロースからのプレゼントが子供たちに届けられる。来年小学生になる長女の由里《ゆり》に、この前あたしは聞いてみた。

「サンタクロースって、どう思う?」

由里は少し考えてから、こう答えた。

「よくできたお話だよね。なんか、いい感じ」

千絵にその話をしたら、大笑いされた。

「ねえ坂上、サンタクロースを信じないって、かたくなに思いつづけてた坂上こそ、夢を持ってる女だって、いつもあたし、思ってたよ」

伊吹は、あれからまた髪がうすくなった。あたしは髪のうすい伊吹が、けっこう、好きだ。

旅は、無料

坂上のことが、わたしはずっと羨《うらや》ましかった。

だって坂上は、かわいいから。

見ためのことでは、ない。いつも髪をただの黒ゴムできゅっとしばって、服だってなんだかおばさんじみているし、話題だってさしてめざましくない、顔だちはごくふつうの、そんな子なんだけれど。でも坂上は、かわいい。

坂上と知り合ったのは、大学になってからだ。同じオーケストラ部に入り、たまたま最初の飲み会で隣りあった。それからは、空いた時間には部室につどって、音合わせをしたりポップスを適当に変奏しあったりするようになった。

最初は、坂上のかわいさに、気づかなかった。つきあいやすい、いい子。そう思っていただけだった。

二年生になって半村健《たける》とつきあうようになってから、わたしは坂上の魅力にはじめて気がついた。なぜなら、健が坂上のことを、いやに気にするからだ。

「坂上のこと、じつは、好きなんじゃないの」

わたしは聞いてみた。自分で言うのもなんだけれど、わたしの長所（それを短所と呼ぶ人もいる）は、率直なことだ。

「まさか」

というのが、健の答えだった。

その後も注意深く観察していたけれど、たしかに健は、坂上にちょっかいを出したりはしていないようだった。でも、やっぱり健は、坂上のことを、ものすごく意識していた。

ことに、坂上、健、伊吹、そしてわたしの四人で演奏する時に、そのことは、あからさまになった。健の担当であるコントラバスの音が、そのことをはっきり表していた。コントラバスの音は、わたしの演奏するビオラでもなければ、伊吹の弾くチェロでもなく、坂上のヴァイオリンの音程に、忠実によりそっていた。いつも、いつも。

わたしたちは、カルテットを組んでいたのだ。健が言いだして組んだ、カルテット。

オーケストラ部内でも、わたしたちのカルテットは評判だった。練習のたびに、わたしの胸は痛んだ。

健とは、一年半ほどつきあってから、別れた。

坂上の、どこがかわいいのか、わたしはつきとめることにした。何度も言うようだが、率直で前向き、それが、わたしの長所（あるいは短所）だ。

「伊吹は、坂上の、どこが好きなの」

わたしは、聞いてみた。

カルテットの一員である伊吹も、ずっと坂上に片思いしているのだ。ものすごく男まえの、性格もいい、話も面白い、そういう申し分のない男なのに、坂上に「二人で会おう」のひとことも、伊吹は言いだせない。

「好きっておまえ、どうして知ってるの」

伊吹はびっくりしたように聞き返した。

「隠してるつもりだったの」

「でも、坂上には、ばれてないよ」

「ていうか、坂上は無理。察することなんて、百年たっても、ないよ」

伊吹はうなだれた。坂上がかわいいのは、たぶん、男の片思いを察することができない、という質《たち》も関係しているにちがいない。わたしは心のメモ帳にこっそり書きこむ。

『その一、勘がにぶいこと』

伊吹は、首をかしげている。坂上のどこが好きなのか、伊吹はどうやら、自分でもよくわかっていないらしかった。だってやっぱり坂上は、べつにきれいでもないし、おしゃれでもないし、ちっとも伊吹のことを気にかけてもくれないし。

「なんかこう、かまいたくなっちゃうんだ、おれ、坂上のこと」

しまいに伊吹は、つぶやくように言った。

『その二、かまわれたくなるような風情《ふぜい》』

心のメモ帳に、またもわたしは書きつけた。

心のメモ帳の言葉は、少しずつ増えていった。

『ときどき、うわのそら』『隙《すき》がないようで、けっこう隙だらけ』『よく人の話を聞く』『重くない』『でも、少しだけ重みをかけてくる』

わたしは坂上のひそかな魅力を、さまざまに調べあげていったけれど――まるで、刑事が現場検証をおこなうような注意深さと入念さでもって——中でも決定的な証拠になったのは、いや、証拠じゃないか、まあともかく決定的なポイントだと思われる魅力は、

『もやもやっとしている』

というものだった。

わたしは頭をかかえた。もやもや。それは、わたしと対極にあるものだ。

わたしの率直さ。それが、かわいい女になることを、さまたげる。そのことを、むろんわたしはもともと頭では知っていた。世に流布《るふ》している小説やらマンガやらドラマでは、かわいい女はいつも、ものごとを断定しないと決まっていた。

でも、と、わたしは心の中のメモ帳に言い返す。

かわいくない、率直で不器用な女が、その不器用さゆえにかわいい女となる、とかいうお話だって、世の中にはけっこうたくさん出まわっているじゃない。

『それは、うそのお話です。いくら率直なそぶりをしたとしても、最後の最後では、女は真実を口にしてはいけないのです』

心のメモ帳は、おごそかに教えてくれるのだった。

大学を卒業してから、わたしは小さな編集プロダクションに勤めた。三十を過ぎてからフリーになり、毎日は忙しく過ぎていった。

恋は、何回か、した。健の時でこりていたので、決して恋人たちには坂上を紹介しなかった。

好きになった時には、好きは永遠につづくはずだったのに、いつの間にか恋はさめ、ひとときも離れたくなかった男はただのかさばる存在になり、そのたびにわたしは率直に、前向きに、

「別れよう」

と宣言した。

かわいい女、というものに、わたしは次第に興味をなくしていった。だって、仕事は忙しくて、男の子と細かな駆け引きをするよりは、ずっと手ごたえがあったから。

久しぶりに恋をしたのは、もうじき四十になろうかという時だった。

(やばい)

わたしは思った。

はじめての、恋だった。いやいや、いつだって恋のはじめは、(こんなに男を好きになったのは、生まれてはじめて)

と、かんちがいするものだ。でも、こんかいは、違うのだ。

(この男と、圭司《けいじ》と、セックスしなくても、それでも、好き)

と思ってしまったのだ。圭司と、ただ一緒にいるだけで、ただ道を歩くだけで、ただ同じ街にいておなじ空気をすっているだけで、わたしはすっかり幸福になる。

(圭司って、もしかして、一生ものなのかも)

わたしはおののいた。

久しぶりに、坂上のことを思い出した。そして、心のメモ帳のことも。

わたしは必死になって、メモ帳に書きとめた数々の教訓を思い出そうとした。メモ帳を参考にして、少しでも多く圭司に好かれたい、という魂胆《こんたん》でもって。

でも、あんまりうまくいかなかった。メモ帳の言葉は、ぜんたいに、古びていた。

今のわたしにとっては。

(もやもやっとした女)

そうだ。そういう雰囲気が、かわいい女にはいちばん必要なんだって、当時のわたしは結論づけたのだった。

(だめだ。もやもやは、ポイントじゃなかった。だいいちそれ、坂上の核心をついて

ない。坂上のかわいさは、ほんとはもっと重層的なものだった）
坂上は今、伊吹と結婚して二人の子供をさずかっている。
坂上に会おう。わたしは思った。

「ねえ、このごろ、どうしてる」

というのが、わたしが坂上にした、率直な質問だった。

いや、この質問が率直だとは、誰にも思えないだろう。これじゃあ、久しぶりに会った女ともだちの腹をさぐる、ただの遠まわしであいまいな問いかけそのものだ。

でも、わたしにはそれ以外、何も聞けなかった。坂上は、あいかわらず坂上だった。髪は黒ゴムでまとめているし、服もおばさんっぽいし、それなのに、まぶしいくらいにかわいかった。

わたしは、坂上に圧倒されていた。ここに来るまでに想像していた坂上よりも、実際の坂上は、ずっと魅力的だった。

「どうしたの、突然」

坂上は笑った。ひざの上にのっている、由里ちゃんも、一緒に。

「恋、したの」

わたしは言った。今度こそ、率直に。

「それは、よかったね」

坂上はまた、笑った。由里ちゃんも。

わたしは、圭司のことを、めんめんと坂上に語った。坂上は、よく聞いてくれた。さすが、聞き上手だ。

二時間、わたしは語りつづけた。坂上は、三回、お茶をいれかえた。由里ちゃんは、遊びにきた近所の女の子と、おままごとをはじめた。プラスチックでできた大根と、かぶと、豚肉を、ぱかん、という音をさせて、これもプラスチックの包丁で、何回も切っていた。

「豚肉、まずそうだね」

語りつくしたあとに、小さな声で言うと、坂上はほほえんだ。

「でも、由里は、あの肉が大好きなのよね、なぜか」

「子供って、かわいいね」

「千絵も、かわいいよ」

「わたしは……」

「かわいい」に級や段があるとしたら、少なくともかわいい八段くらいはある坂上にそう言われ、わたしは口ごもった。

「圭司さんに、こんど、会わせてね」

坂上は言った。わたしはうなずいた。でも、心の中では、

(絶対に会わせない)

と思っていた。


圭司と、この前、旅行に行った。圭司の部屋に泊まったことはあったけれど、何日も一緒にいるのは初めてだったので、ちょっと緊張した。

静岡の、小さな宿に行った。何もない町だった。シャッターがたくさんおりている町の商店街を、ぶらぶらと歩いた。

圭司は、茶舗《ちゃほ》でほうじ茶を買ってくれた。

「静岡だから、ま、茶だろう」

そんなふうに言いながら。

ずっと歩いてゆくと、商店街はとぎれ、そのうちに海の匂《にお》いがしてきた。

「泳げないね、冬だから」

「かもめが、浮いてるな」

砂浜に座って、わたしと圭司は、しばらくお喋《しゃべ》りをした。風が冷たかったので、頬がまっかになった。

「旅行、また、いっぱいしたいね」

わたしが言うと、圭司はうなずいた。

「いっぱい仕事して、旅行のお金、ためるよ、わたし」

「そんなに、ためなくて、いいよ」

「でも」

「こないだ本読んでたらさ」

圭司はそこで、ばさりとあおむけになった。

「こんなことが書いてあった。地球上の生活には金がかかるかもしれないけど、太陽のまわりを年に一周する旅が無料でついてくる、って」

目の前が、突然ぱあっと明るくなった。日を隠していた雲が、移動したのだ。

「そうかあ、いつも旅してるのか、わたしたち」

「そうだよ」

「圭司、こんど、わたしの友だちに会う？」

思わず、わたしは言っていた。

「友だち？」

「うん、坂上っていう友だち」

坂上のかわいさが、わたしは、やっぱり羨ましかった。わたしはほんの少し、坂上を憎んでいるのだ。今それが、はっきりとわかった。

大人になっても、四十歳になっても、わたしは坂上にかなわない。でも、それでも、圭司を坂上に会わせようと思った。

「坂上の娘、まずそうな豚肉が好きなんだよ」

わたしは言い、砂の上にあった白い小さな貝がらを手にとった。

「きれいだな」

圭司は言い、貝がらを空に向けて透かし見た。

「ねえ、わたしの、どこが好き」

圭司は、しばらく考えていた。それから、ゆっくりと答えた。

「率直で、前向きで、ちょっと思いこみの激しい、ところ」

かもめがみゃあと鳴いて、いっせいに飛びたった。圭司と並んで、わたしもあおむけになった。坂上、憎んでごめんね。でも、憎んでいるだけじゃなく、坂上のこと、ずいぶん好きなんだよ。心の中で言い、圭司の手をにぎった。手は、暖かかった。波の音が、足もとから聞こえてくる。目をつぶると、まぶた越しに、太陽の光が感じられた。

わたしたち、ずっと、旅してるんだね。自分と坂上の二人に向かって、わたしは心の中で、ささやいた。

ピーカン

「そうね。たぶん、季節ごとかしら。春と、夏と、秋と、冬とに、一回ずつくらい」

そうつぶやいた金子さんの頬は、すでにほんのりそまっている。

桜はとうに散って、お花見の時期は過ぎたけれど、わたしたちは桜の木の下で、小さな宴会をしているのだ。バスケットにおにぎりや唐揚げをつめ、スパークリングワインを買い、女ばかり五人で公園にやってきたというわけだ。

五人は、みんな学校図書館の司書だ。年齢はばらばらで、金子さんはこの三月に定年で退職したばかり、三十代であるわたしとみみちゃんは、公立の中学と高校にそれぞれ勤め、あとの四十代と五十代の二人は、別べつの私立の学校に属している。セミナーで知りあい、以来数ヵ月に一度ほど、土曜日の午後にランチを食べがてら、職場のあれこれを喋《しゃべ》りあう仲となった。今日は金子さんの退職祝いもかねて、珍しくお酒を飲んでいるのである。

「あたしんとこは、もう、ない。まったく、ない。きれいさっぱり」

と言ったのは、五十代の佐野さんだ。

「うちは、まだ盆暮くらいは、かなあ。あれっ、でも去年の暮のは、まだだっけ？あれあれ？」

そう首をひねっているのは、四十代の美代子《みよこ》さん。そして、その三人の先輩の言葉にじいっと耳を澄ませて聞いているのが、わたしともう一人の若者（三十代のわたしたちは、まとめて「若者」と呼ばれている）である、みみちゃんだ。

「じゃあ、金子さんがいちばん、してるんだー」

みみちゃんは声をあげた。

「しっ」

四人がそろってみみちゃんを制する。いいお天気で、公園にはけっこう人が出ていた。

「だってー」

口をとがらせたみみちゃんの表情に、わたしたちは笑い声をあげた。そぞろ歩いている人たちが、ふりかえる。

わたしたちは、セックスの回数の話を、していたのである。

「六十でも、するんだー」

グレープフルーツ色のカクテルをすすりながら、みみちゃんがつぶやいている。日が暮れる前に、わたしたちはてきぱきと片付けをし、解散した。金子さんも佐野さんも美代子さんも、晩ごはんまでには家に帰るという。

「みんな、旦那《だんな》さんと仲良しなんだねー」

カクテルの最後のひとすすりを、みみちゃんは大事そうに干した。もう一杯。おんなじの。みみちゃんは手をあげて言う。

「そうだね」

わたしはうなずき、泡の消えてしまったビールのグラスをかたむけた。金色の面が、ななめにかしぐ。

「あのね、実はうち、ちょっと今、あぶないの。今の部屋、出てくかも」

みみちゃんが、さらりと言った。

「どうして」

「好きなひとが、できそう」

びっくりして、わたしはビールのコップを倒してしまった。みみちゃんは、半年前から恋人と住みはじめた。結婚したくて結婚したくて、でもなかなか恋人が結婚を言いださないことに、みみちゃんはじれていた。住みはじめたのは、ものすごい前進。そう言って、大喜びしていたみみちゃんだったのに。

「やめちゃうの」

「うん。だって、セックスが、手抜きなんだもん」

お待たせしました、と言いながら、お店の男の子がカクテルのグラスを持ってきた。みみちゃんは、にっこりと笑いかける。

「今度のひと、あいつと違って、ていねいだよー。まじめっていうか。やっぱり男は、まじめが大事だよ」

お店の男の子が、こぼれたビールをふきとってゆく。みみちゃんの「セックス」という言葉を、男の子が聞いていたんじゃないかと思って、わたしはどぎまぎしてしまう。

セックス。今日は、その言葉を、いやにたくさん聞いた気がする。いつもはほとんど聞かない言葉なのに。五人で集まる時だって、そういう話はしたことがなかったのに。みみちゃんと二人でいる時だって。

セックス。そうだ。わたし自身が、その言葉を考えないようにしてきたのだ。この一年ほどは、とくに。

貯金が三百万円たまったら、結婚しよう。そう決めて、光史《こうじ》と二人の共同口座に毎月貯金をはじめてから、もう二年になる。一緒に住んだほうが、お金もたまるから。光史が言うので、去年からは光史の職場に近い小さなマンションに住んでいる。

やさしい人だね。

光史に会った友だちは、みんな言う。

たしかに光史は、やさしい。

でも、わたしたちはもう、半年もセックスをしていないのだ。

回数が少なくなってきたのは、今住んでいるマンションに引っ越してくる少し前からだった。最初は、光史の仕事が忙しいからだと思っていた。出版社の営業職についている光史は、その少し前に課長になったばかりだった。帰りも遅くなったし、休日出勤も多くなった。疲れた、が口ぐせになり、前よりも冗談を言わなくなった。

「だから、こうやって一緒に住めるのが、ありがたい」

光史は言った。そうだよね。わたしも最初は、心からそう答えていた。

けれど、次第にわたしの中には、もやもやとした何かが、たまるようになっていった。

(今日も、しないのかな)

間遠になってゆきはじめてから、何回わたしはくよくよと思ったことだろう。

日曜の夜が、いちばん、つらかった。平日は、明日があるから。土曜は、たまった一週間の疲れをとらなきゃならないから。でも、土曜日と二日つづけて休めた日曜日は……。

あんまりつらいので、わたしはときどき、わざと日曜日の午後に出かけるようになった。みみちゃんが、相談があるって。佐野さんに、仕事のことで教わることがあって。

ほんとうは、そんな用事はなかった。映画館で、わたしは時間を過ごした。たまには、カラオケボックスで。

夜十時過ぎに駅に帰りつき、コンビニで小さなビールの缶を買い、歩きながら飲み、酔っぱらったふりをして、わたしは玄関の扉をあける。

光史は、いつもテレビを見ている。

「おつかれ」

やさしく、光史は言う。うん、疲れた、疲れた。このごろの光史の口ぐせと同じ言葉をわたしは言い、ひらひらと手をふりながらベッドの部屋に入る。光史は、来ない。テレビの音が、聞こえてくる。今夜も、しないんだね。つぶやいて、わたしは枕《まくら》に顔をうずめる。光史とわたしのにおいが、枕から、してくる。

いったいどのくらい、恋人たちはセックスをするものなんだろう。

そのことを知るために、わたしはネットで「セックスレス」のサイトを調べたり、こっそり「セックスレス解消」と銘打った本を買ったりした。

どうやら指標になるのは、「一年」という期間らしかった。

(まだ、それまでには、間がある)

そんなふうに、わたしは自分をなだめた。

下着を魅力的なものに変えてみましょう。相手を思いやって話をよく聞いてあげましょう。小悪魔になりましょう。自分をよく見つめなおしましょう。サイトや本にいっぱい書いてあることは、ひととおり、やってみた(小悪魔になれたかどうかはともかく)。

でも、だめだった。光史を振り向かせることは、できなかった。

残業で、今夜は帰れないかも、という光史からのメールが来た夜に、わたしはついに携帯の番号を呼び出した。ボタンを押してから、呼出音が聞こえるまでの時間が、こんなに長く感じられたことはなかった。

「もしもし」

静かな声が、答えた。

「あの、前田かおりです。金子さんに、相談にのっていただきたいことがあって」

しぼりだすように、わたしは言った。

金子さんは、この前の公園での宴会の時よりも、また若々しくなっていた。

「髪、染めたの。青くしたのよ」

金子さんは言い、にっこりとした。

「青」

「こういう色に染められるなんて、思ってもみなかったわ。知らないことって、半世紀以上生きてきても、たくさんあるものよねえ」

金子さんは、カフェの中を面白そうに見回した。

「へんな絵が、かざってある」

カメレオンだかイグアナだかオオトカゲだか、よくわからない爬虫類《はちゅうるい》が、何匹もからまりあったような絵が、すぐ横の壁にかけてあった。金子さんに言われるまで、わたしは全然気がつかなかった。

「お昼、食べた？」

金子さんは聞いた。日曜日の、よく晴れた午後である。いつもは「みみちゃんに会う」などという嘘《うそ》を言って部屋を出てくるのだけれど、今日はほんとうに金子さんと会うために来たのだ。

「まだです」

「そう思った。前田さん、お腹《なか》すいてるような顔してるから」

えっ、と、わたしは息をのんだ。確かに、朝から何も口にしていなかった。けれど金子さんのその言葉は、わたしのセックスレスを見破ってのことのように感じられた。

「まだランチの時間ですよね。ぎりぎり」

ごまかすように、わたしは早口で言った。

あんまりよく晴れているから。あんまり金子さんが天真爛漫《てんしんらんまん》な様子だから。カフェの隣のテーブルが、思っていたよりもずっと近いから。

いろんな理由を心の中でさがしては、わたしは相談を口にすることを先のばしにした。金子さんは、何も聞かなかった。お皿のものを口にはこぶたびに、金子さんは楽しそうに感想を口にした。おいしいわねえ。あたたかで、きもちいいお店ね。音楽が、いいわ。

ケーキまでしっかりと残さず食べて、金子さんは満足そうに吐息をついた。金子さんの青く染めた髪が、日の光を受けてきらきらとかがやく。

「ねえ、この前ね、わたし、おふとん敷きっぱなしの宿に行ってきたの。朝から晩まで、おふとんの中でずっと本読んで。久しぶりだったわ、あんなにゆっくりしたの」

黙っているわたしに、金子さんは言った。前田さんも、疲れてる時にはお休みとって、二泊くらいしてくるといいわ。元気でるわよ。

結局その日、わたしは金子さんに「相談」をきりだすことができなかった。金子さんは何も聞かず、にこやかに帰っていった。

そういえば、ずいぶん長いこと光史とは遠出をしていなかった。

結婚資金をためることを決めてからは、ことにだ。食事も家で。休日も家で。

「ね、旅行、行かない」

わたしは光史に言ってみた。ほんとうは、そのことをきりだすだけで、かなり勇気がいったのだ。いつからわたしと光史は、こんなふうになってしまったんだろう。

「旅行か。たまには、いいかもな」

金がかかるから、もったいないじゃない。そう光史が言うと思っていたわたしは、少し驚いた。とんとん拍子で、わたしたちは金子さんの言う「おふとん敷きっぱなしの宿」に行くこととなった。レンタカーの手配もすませ、スーツケースに三日ぶんの服をつめこみ、わたしたちは東北新幹線に乗りこんだ。

宿は、駅から車で二時間ほど走ったところにあった。なんにも、ないところだった。

「ほんとに、本、読むしかないようなところだね」

光史はつぶやいた。

「丘の中腹に、おいしいコーヒーをだすお店がありますよ」

宿のおかみさんが、教えてくれた。わたしたちは荷物を置き、宿を出た。山の方から、鳥の鳴き声が聞こえてくる。ときおりカッコウの声が響く。ジー、というくぐもった音もする。地面のあたりで、虫が鳴いているのだろうか。

「しずかだね」

光史は言った。ぐるりを見回し、それから、久しぶりにわたしの顔を正面から見た。

見られて、わたしはおずおずと、下を向いてしまった。

後で考えてみれば、わたしにはわかっていたのだ。おふとん敷きっぱなし、という言葉が、わたしを引きつけたのだということが。

おふとん、敷きっぱなしならば、光史はセックスするかな。

結論から言うなら、光史は旅行のあいだも、セックスをしなかった。

宿に着いてから、チェックアウトするまで、わたしは常に緊張していた。障子の桟ごしにさす朝日も、顔を洗う冷たい水も、とれたての野菜や魚をつかった料理も、鳥の声も、ひなびた景色も、わたしは何ひとつとして楽しめなかった。

光史は、どうだったのだろう。

帰りの新幹線の中で、光史はずっと眠っていた。というか、眠ったふりをしていた。眠っていないことは、わたしにはちゃんとわかっていた。だって、光史の寝息をたしかめることが、恋愛をはじめたばかりの頃のわたしの、何よりの楽しみだったから。

光史は、眠りはじめると寝息が乱れる。十分ほどすると、乱れはおさまる。ほんの少しだけ苦しそうに息をする光史の寝顔を、わたしはかつて、飽かずにずっと眺めたものだった。

新幹線の中で、光史の寝息は、決して乱れることはなかった。

「ピーカンね」

金子さんは、真剣なおももちで空を見ながら言った。

「金子さん、結婚何年ですか」

「三十五年くらいかしらねえ」

三十五年、共に過ごす。わたしには、見当のつかない年月だ。

光史とは、この前、ほんの少しだけ別ればなしをした。わたしが言いだしたのだ。

でも光史は、いやだと言った。

「でも、それならどうして……」

わたしは聞いた。……セックスしないの、という言葉は、心の中だけで続けながら。

光史は、黙ってしまった。

「結婚って、ちゃんと話をしないと、だめですよね？」

金子さんに、わたしは聞いてみた。

「そうかなあ、よく、わからない。前田さんとこは、話、するの？」

「あんまり」

金子さんは、わたしの顔をじいっと見た。それから、ふいっと視線をはずし、また空を見上げる。雲ひとつない空に、飛行機雲がひとすじ、きざまれている。ぴんと張った白い軌跡は、しだいに幅を広げ、やがて薄れはじめた。

「前田さんは、自分の恋人のこと、好き？」

金子さんは聞いた。空を見上げたまま。

「好きです。すごく、好き」

言いながら、鼻の奥がつんとした。セックスをしないのが、いやなんじゃないんだ。わたしの気持ちが、光史の気持ちにはじかれるのが、いやなんだ。どうやって光史の気持ちにさわっていいんだかわからないのが、いやなんだ。

「好きなら、しょうがないわね」

金子さんは言い、ふふ、と笑った。

「もうちょっと、じたばた、したら」

えっ、とわたしは声にならない声をあげた。金子さんには、ひとことも、具体的なことは言っていないのに。

「わかるわよ、そのくらい。じたばたしてるんでしょ、今この現在」

いまこのげんざい、という言いかたに、わたしはちょっと笑った。笑った拍子に、涙がひとすじ、つぅっと流れた。でも、右目からだけだった。

ああ、わたしはこんなに光史が好きなんだ。そのことを、今この現在まで、わたしは知らなかった。いや、今この現在まで、知らないふりをしていたんだ。

「金子さんのところは、セックスするとき、どういう始めかたをするんですか」

思いきって、わたしは訊《たず》ねてみた。

「言えない。企業秘密」

金子さんは、また、ふふ、と笑った。

部屋に帰ると、珍しくテレビがついていなかった。

洗面所で手を洗い、うがいをしてから、わたしは光史の横に座った。

「ね、セックス、してみない」

光史は、きょとんとした。それから、驚いた顔になった。

十ヵ月ぶりに、わたしと光史はセックスをした。好き、大好き。心の中で、光史に向かってたくさん言った。口に出しても、何回も言った。

終わってからカーテンをあけると、まだ日は高かった。

「ピーカンだな」

光史が言った。

「うん」

わたしは答え、光史の胸に顔をよせた。

今この現在。わたしはともかく、光史と一回セックスができました。明日、わたしたちはどうなるかわからないけれど、でも、一緒に住んでずっとやっていくって、こういうことなんですね。なんて怖いことなんでしょう、人と一緒にやっていくって。

ここにいない金子さんに向かって、わたしは心の中でつぶやく。

飛行機雲がまた、ひとすじ、きざまれはじめた。さらに平行して、もうひとすじ。ふたすじの雲は、くっきりと軌跡を描き、やがてまた薄まっていった。光史の胸に顔をよせたまま、わたしはピーカンの空をまぶしく見上げた。軌跡はやがて、ふっと消えた。

うみのしーる

「そういえば、このごろ、固定電話って使わないよね」

ルツが言う。

「うちのは、オブジェの一種になってるよ」

そう答えると、ルツは笑った。

あたしたちは、ベンチで喋《しゃべ》っているのだ。ルツのところのヒナが、あたしのところの大樹《だいき》の手をひいて、公園中を走りまわっている。大樹は、だいぶん息ぎれしていた。でもヒナは許してくれない。もっとからだきたえなきゃだめでちゅよ。お姉さんらしい口調で言い、ヒナは大樹のお尻《しり》をたたく。大樹は、今にも泣きそうな顔で、でもヒナが大好きなので、こらえている。

ルツは、ずいぶん前からの友だちである。あたしもルツも二人とも、大樹とヒナをうんだのは、三十五歳を過ぎてからだった。ルツはフリーのライター、あたしは旅行会社に勤めている。あたしが休みの日には、大樹を連れてルツのところに遊びにくる。ここは、さびれた、いい感じの公園である。

ルツは、このごろ編み物にこっているという。

「そうなんだ」

「うん。うまれてはじめて、編み物したんだけど、面白い」

うまれてはじめてのことをする、というのは、ルツの趣味だ。さまざまな、「うまれてはじめて」のことをルツはしてきたけれど、中でもいちばん大胆な「うまれてはじめて」は、

「うまれてはじめて子供をうむうえに、うまれてはじめてシングルマザーになるってことだったよ」

さばさばと、ルツは言う。六年前、ルツは一人でヒナをうみ、それからずっと一人でヒナを育ててきた。

編み物、見せてあげる。ルツに言われ、あたしと大樹はルツの家にあがった。

ルツの住んでいるこの公団は、昭和四十年代に建ったもので、昔ながらの２ＤＫで

ある。数年後には建て直すので中をどういじってもいいことになり、ルツは部屋の仕切りをなくして、広いワンルームにしている。

ヒナは大樹の手をひっぱって、洗面所に入っていった。ルツとあたしは、二人についてゆく。

「これ」

洗面所の鏡を、ヒナは指さした。鏡のはしっこに、何枚ものシールがはりつけてある。

イルカ。ビーチボール。サーフボード。カモメ。ココ椰子《やし》。

「海だね」

あたしが言うと、ヒナはうなずいた。

「そうだよ、ひなはうみのそばでうまれたの。だから」

ルツは、故郷の鹿児島でヒナをうんだのだ。でも、実家はいろいろうるさくて。またこっちに出てきた。しばらくぶりに会った時のルツの顔を、あたしは思い出す。まだ生後半年ほどだったヒナを抱っこひもに入れ、背中には大きなリュックをしょっていたルツ。

「ひなちゃんのうみのしーる」

大樹は言い、嬉《うれ》しそうにシールをさわった。

ルツがヒナと最初から二人きりだとすれば、あたしは途中から大樹と二人きりになった。夫だったケンは、大樹が生まれた次の年に家を出ていった。ほかに好きな人ができたと言って。

「捨てられたよ」

ケンが出ていってしばらくしてルツにそう連絡したら、ルツは少しの間黙っていた。そして、ぽつりと言った。

「そうか。大変だったね」

ルツの沈黙に、あたしは慰められた。ケンは多情な男だから、いつか出ていってしまうかもと、結婚しているあいだじゅう、あたしははらはらしていたのだ。実際にケンが出ていって、もちろん悲しみは大きかったけれど、同時にほっとするような感じもあった。

大樹が三歳になった日に、珍しく緊張したおももちで、ルツが訪ねてきた。

「あのね、ききたい？」

単刀直入に、ルツは聞いた。

「ききたいって、何を」

「いやなことかもしれない。ていうか、たぶん、いやなこと。ごめん」

あたしは少し考えたけれど、ルツの言うことなら、いやなことでもいいと思った。

「あのね、大樹にはきょうだいがいるの。少なくともわたしの知ってる範囲で、お姉ちゃんが一人。それは、ヒナだよ」

しばらく、あたしはルツの言葉の意味がわからなかった。やがて水がじわじわと水着にしみこんでくるように、あたしはルツの言っていることを理解した。

「じゃ、ヒナのお父さんって、ケンなの」

「うん、ごめん」

「ごめん、て、謝ることじゃないよ。だいいち、ヒナの方が大樹より三歳としうえでしょ。じゃあ、あたしと結婚する前は、ケンはルツとつきあってたの？」

「半年くらいね」

ケンならば、大いにありそうなことだった。

ケンとあたしが結婚した時。ケンが出ていった後。どの時も、ルツは優しかった。少しさみしそうないつものルツの笑顔を、あたしは思い浮かべる。

「いや、最初は言わないでおこうと思ってたんだけど。でも、ヒナも大樹も一人っ子で、こんなふうに仲良しだから」

ケンのことを思い出して腹がたつことはあっても、未練みたいなものは、これっぽっちもなかった。

「なんか、嬉しい」

あたしは言った。けっこう、心の底から。

「それでね。これからも、よろしくっていうことで」

ルツは、ちょっと照れたように言った。

「はい。よろしく」

どひゃーだね。あたしがはしゃいで続けると、ルツはひっそりと笑った。

「ほら、これなの」

そう言いながら、ルツは編み物を見せてくれた。

エプロン。テーブルクロス。手袋。帽子。カーテン。スカート。ブラウス。コート。くつした。ソファーカバー。

どれも、人形のサイズである。

「ヒナちゃんに？」

あたしは聞いた。ルツは、首を横にふる。

「うん、それもあるけど、おもにわたしが見て楽しむの」

ボール紙の帽子ケースに、編み物は入っていた。一つ一つ、ルツは取り出し、机に並べていった。

「あのね、電話がね、くるの」

ていねいに編み物を並べながら、ルツはぽつりと言った。

「電話」

「うん。波の音だけがするの」

「波の音？」

「そう。なんだかこの世じゃないところからくるみたいな音」

「故障じゃないの」

そうだよね、故障だよね。このごろほとんど固定電話なんて使わないから、そのせいだよね、きっと。ルツはうなずき、一度並べた編み物をまた帽子ケースにしまった。

それから一ヵ月ほどが過ぎ、あたしはまたルツを訪ねた。大樹が風邪ぎみだったので少し迷ったのだが、珍しくルツの方から、来てよね、と言ってきたのだ。

ヒナに会えて大樹は嬉しそうだったけれど、風邪ぎみで体がしんどいせいか、ほんの少しのことで泣いてしまう。

「大ちゃん、おうちに入っておやつ食べよう」

ルツは言い、団地の階段をのぼっていった。ヒナと大樹とあたしは、ルツの後にしたがう。途中で、リーン、リーン、という音が聞こえてきた。

「電話だよ、なんか、ルツの家っぽい」

あたしが言うと、ルツは足をはやめた。鍵《かぎ》を急いでまわし、

「ねえ理絵《りえ》、出てくれない」

と言った。

あわててサンダルを脱ぎちらし、あたしは電話のところまで走った。受話器をとる。耳に当てると、サー、という音がした。もしもし、と言っても、返事はない。振り向くと、ルツがすぐうしろに立っていた。

(ね、波の音でしょ)

ルツは、目で言った。うん。あたしも、目で答える。

「切りますよ」

受話器に向かってあたしは言い、耳から受話器を離そうとした。と、その瞬間、声

が聞こえたのである。

「ケン？　ケンなの？」

あたしは叫んだ。

電話は、向こうから切れた。


あのね、電話、ときどきくるの。三日に一度くらい。波の音が続いたあと、最後にいつもケンとそっくりな声が、ひとこと、「あ」って。ルツは、ゆっくりと説明した。

「いつからくるようになったの」

「こないだ理絵が訪ねてきたのより、ちょっと前」

「電話会社に連絡してみた？」

ルツは首を横にふった。だって、ケンからだったら、助けなきゃって。

「助ける」

受話器からケンらしき声が聞こえてきた時、あたしは思わず呼びかけはしたけれど、助ける、という発想は、まったく浮かばなかった。

「ケンなんて、ほっとけばいいよ」

というあたしの言葉に、ルツは笑った。

「わたしは理絵とちがって、なんだかケンには思い残すことがあるのかもしれないね」

ママー、のどかわいたー。大樹が言いながら膝《ひざ》にのぼってきた。体が、少しほてっている。

今日はもう帰るね、大樹も熱っぽいみたいだし。あたしは言い、ルツの家を後にした。

それからしばらく、ルツとは連絡をとらなかった。

会社が忙しかったのだ。というのはほんのすこし言い訳で、本当はルツの家にあがった時に、またあの電話がかかってきたらと思うと、どうしても二の足をふんでしまうからだった。

あたしのところに電話がかかってきたのは、大樹が寝入った直後だった。

波の音だけが、聞こえた。サー。サー。サー。

そして最後に、「あ」という声がした。

前に聞いた声よりも、それはほんの少し低かった。ケンの声のようにも聞こえたし、全然違う人の声のようでもあった。

以来、電話はときおりかかってくるようになった。

ケンは、死んだんだろうか。

でも、電話の最後の「あ」という声は、よく聞いてみるとなんだか少し間抜けだった。幽霊が言いそうな、「うらめしや」でもなく「助けて」でもなく「好きだったよ」でもなく――手に持っていたものをぽとりと落としてしまった時にあげる声のような、「あ」だった。

ケン。化けて出てるなら、去りなさい。あたしは電話に向かって唱えた。化けて出られるほど、あんたには義理はないよ。あたしを捨てていったくせに。

ルツとあたしって、いったいどういうものなんだろうなあと、あたしは電話がくるようになってから、ときどき考える。

とっても複雑な関係。

ともいえるし、

同じ傷をもつ仲間。

ともいえるし、

たまたま同じ男を愛したけど、お互いどうしはさっぱりとした関係。

ともいえる。

あたしはものごとを深く考えるのが得意じゃないから、なんとなくルツとは仲良しのつもりでいたけど、ルツの方は本当はどうなんだろう。

大樹がヒナを恋しがるので、あたしは久しぶりにルツに連絡してみた。

「その後、電話、くる？」

「くる。やっぱり、三日に一回くらい」

「あのね、あたしんとこも、くるようになった」

えっ、とルツは言った。理絵のとこにも、くるんだ。

「ケンなのかな」

「わたしはそう思うけど、でもケン、理絵のとこにも……」

さっきと同じ言葉を、ルツは繰り返した。

「ルツ」

あたしは言った。

「ケンのこと、調べてみよう」

うん、と、ルツは小さな声で答えた。それから、さらに小さな声で、

「ケン、どこかでさまよってるのかな」

とささやいた。

ケンは、生きていた。それどころか、新しい彼女との間に、すでに三人もの子供をもうけていた。女の子に、ふたごの男の子。

「なにー、おれ、電話なんてしてないよ」

ケンはほがらかに答えた。大樹、元気にしてるか。おれ、貧乏でごめん。金持ちになったら、金送るから。あいかわらず、軽々しい男である。

「ヒナって、ケンの子供なんだね」

「そうみたいね。美人だろ、おれの子供なら」

「ふん、馬鹿《ばか》」

あたしは思いきり強く携帯の「切る」ボタンを押した。その余勢をかって、すぐにあたしはルツに電話した。ケンはぴんぴんしてたよ。子供三人もつくってさ。相変わらず貧乏で。

まくしたてるあたしに、ルツは、うん、うん、と答えた。

「さまよってなかったのね」

ほーっとルツはため息をついた。ああよかった、死んでなくて。しあわせそうで。

「ルツ、お人好《ひとよ》しすぎ」

あたしはがみがみ言った。ルツが小さく笑っている。ああ、このお人好しな女には、なんだか、かなわないな。あたしは思った。ルツとあたしの関係が、どんなに複雑であったとしても、今ここにいるルツは、こんなふうに笑ってくれているのだ。

「ねえルツ」

あたしは言った。

「こんど、海にいこう。砂でケンの墓をつくろう」

受話器から聞こえてきた、サー、という波の音を、あたしは思い返す。ケンなんか早く墓に入っちゃって、波にざぶざぶ盛大に流されればいい。

海にいくんだよ。あたしは足もとにじゃれついてくる大樹に言った。うみには、ひなちゃんのしーるとおなじ、かもめいる？　いるよ。うじゃうじゃいるよ。

その後、波の音の電話は、ぷっつりと途絶えた。電話会社に問い合わせたら、たまに回線の故障でそういうことが起こる可能性があります、というそっけない答えがきた。

本格的な夏がやってきて、あたしとルツとヒナと大樹は、海にいった。ケンの墓は、結局つくらなかった。いつか金持ちになって、大樹とヒナに遺産を残してくれるかもしれないから。

ヒナと大樹は、飽かず波打ち際《ぎわ》で遊んだ。ルツの笑いかたは相変わらずさみしそうで、でもあたしは今はそのさみしさの裏を読もうとは思わない。海にはちゃんと、かもめがうじゃうじゃいた。

金色の道

昔の話をします。

といっても、あたしの「昔」は、せいぜい五年くらい前のことである。漣二《れんじ》さんにとっての「昔」は、二十年から三十年前のことだと、いつか漣二さんは言っていた。二十年前には、もうあたしはこの世に存在していたけれど、三十年前となると、まだそのかけらすらも現われていない。

漣二さんは、年齢はあたしの倍くらい、少し変わっていると人は言うけれど、あたしにとっては、ちっとも変わった人ではなかった。あたたかくて、静かで、色をよく知っている人で、猫を上手に寄せる人で、あたしの恋人だった人。それがあたしにとっての、漣二さんである。

で、昔の話です。

あたしは昔、とっても荒れていた。

人からお金をまきあげることも、何の意味もなく誰かをだますことも、からだを売ることも、男から男へ渡りあるくことも、すべて進んでおこなっていた。

あたしは、怒っていたのだ。

何に怒っていたのだか、もう今ではうまく思い出せない。親がクズだったとか、学校で浮いてたとか、だからクラスの女たち全員に無視されたとか、無視されたというよりむしろイジメにあってたとか、男好きはしたから男には不自由しなかったとか、でもどの男もあたしと本気でかかわろうとはしなかったとか、そういうあたしを軽蔑《けいべつ》する世間とかいうものにむかついてたとか、まあいろいろあるんだけれど、こうやって並べてみると、みんなどこかで見たことのあるような理由でしかない。

そういうことよりもたぶん、あたしは怒ることでしか、自分の中の何かのかたまりを解きはなつことができなかったのだ。

「どうしてそんなに緑色なの」

はじめて会った時、漣二さんはあたしに聞いた。

「は？　緑色？」

あたしは吐き捨てるように答えた。漣二さんはほほえんだ。あたしは漣二さんをぐっとにらみつけた。けれど漣二さんはほほえみ続けた。あたしのことを怖がるでもなく、さげすむでもなく、遠巻きにするでもなく、ごく普通の感じで。

「あ、少し黄緑になった」

「だからその、緑とか黄緑って何なんだよ、むかつく」

「あなたは、珍しい女の人だね」

静かに、漣二さんは言った。

漣二さんとは、「ルル」で会ったのだ。ルルは、お酒と音楽のお店だ。いつもあたしは暇になるとルルに行っていた。高いスツールに腰かけて、がりがり氷をかじりながら強いスピリッツを飲んでいると、誰かがやってくる。そして、話しかけたり、肩を抱いたり、うわさばなしをしたりする。ようするにまあ、暇でゆきどころのない人間が集まってくるところが、ルルという店だ。

最初に会った時にへんなことを言われたので、あたしは二回めに会った時にも、すぐに漣二さんの顔がわかった。ふだん、人の顔なんてあんまり見ないのに。

「こんばんは」

漣二さんはそう声をかけてきた。朝晩のあいさつをする人間なんて、ルルに出入りする男や女には一人もいなかったから、あたしはびっくりした。

「こんばんは」

思わず、おうむがえしにした。

「今日は、緑色じゃないんだね」

「ちがうよ」

いったい「緑色」というものが何をあらわすのかまったくわからなかったけれど、あたしは前の時とはちがって素直に答えた。なんとなく、この男はいやじゃないと思ったから。

「名前、教えて」

「丹子《にこ》」

「もしかして、ご両親、ヴェルヴェッツのファンだった？」

漣二さんの言っている意味がぜんぜんわからなくて、あたしは、はあ？　という顔で漣二さんを見返した。

「ヴェルヴェット・アンダーグラウンドっていうロックグループに、一時ニコっていう歌手がいたの。女優でもあったけど、自転車でころんで、頭打って死んじゃったんだよ」

なにそれ、とあたしはつぶやいた。両親がどうしてあたしに丹子なんていうへんな名前をつけたのかなんて、あたしは気にしたこともなかった。二人ともたいがい酔っぱらっていたし、酔っぱらってない時は、いらいらしてあたしをぶったり怒鳴ったりしたから、あたしはなるべく両親とはかかわりを持たないように生きてきたのだ。

「かわいそうに」

漣二さんは言った。まるであたしの胸の中の声を聞きとったかのように。あたしはむっとして、この前のように漣二さんをぐっとにらみつけた。

「いやいや、丹子ちゃんの心の声が聞こえるわけじゃないんだよ。あなたが何を考えてるかなんて、ぼくにはわからない。でもね、今、丹子ちゃんきれいなピンクになったから」

きれいなピンク。漣二さんの奇妙な言葉に、あたしは毒気をぬかれた。いったいこないだからのそれ、何なの。

「色がね、見えるの。いつもじゃないけど。で、ピンクの人は、大変な目にあってきたことを思い返してしょんぼりしている人なの」

しょんぼりなんて、してないし。あたしはそっけなく言い返したけれど、その時すでにもう、漣二さんに関心をもちはじめていたのだった。

漣二さんに色が見えはじめたのは、小学生のころだそうだ。最初に見えたのはお母さんの顔の上で、にこにこしていたお母さんが、まえぶれもなく突然緑色になった時は、ものすごくショックだったと、漣二さんは言っていた。

「今思えば、あの時母は、父の浮気を怒っていたんだね。よく遊ぶ人で、いつだって母をやきもきさせてさ」

最初は、ごく単純な色しか見えなかった。嬉《うれ》しい時の色。悲しい時の色。怒っている時の色。

きれいに塗ったぬりえのように人の顔に色がついて見えるのにも慣れたころ、漣二さんはそれらの色の中に微妙なグラデーションがあることに気づくようになる。

悲しいうちにも解放感がある時の、色のまじりかた。

嬉しいのだか困ってしまうのだかわからない時の、だんだらの色。

ぼんやり夢想している時の、淡くたなびくような色。

「じゃあ、漣二さんにとって、人の顔って、いつもいつも色がついてるの?」

「いや、見える時と見えない時がある」

「せっかくメイクとかばりばりにしても、そういう色がついちゃうんじゃ、無駄になっちゃうね」

そうなんだよ。漣二さんは笑った。だから、丹子はそんなにメイクしなくていいよ。

「メイクは、趣味なの。男のためにしてるんじゃないんだよ」

へえ、と漣二さんは言い、あたしのまつげを撫《な》でる。ふさふさしていて、よく反《そ》り返った、あたしのまつげ。つけまつげじゃなくて、ほんもののあたしのまつげだ。

どうしてあたしに声かけたの。恋人になってしばらくしてから、聞いてみた。

「丹子は、ものすごくいろんな濃い色がまじってるんだ。そして、それが時々、ぱっと単純な一色になる」

ふつうは、そうじゃないの？

「うん。ほとんどの人は、いろんな薄い色がまじりあいすぎて、結局何色がいちばん濃いんだか、わからなくなってるよ」

ふうん。それってもしかして、あたしが単純だってこと？

「まあ、そうともいえる」

あたしは漣二さんにのしかかった。漣二さんは、ぱたんと倒れた。

やめてくれえ、年よりをいじめないでくれ。漣二さんはおおげさな声をたて、ベッドの上であおむけになった。あたしは漣二さんにまたがって、胸もとに頬をつけた。漣二さんのにおいがする。今、自分は何色なんだろうなあと、あたしは思っていた。

漣二さんとのデートは、たいがい神社かお寺だった。

「かみさまが、好きなの？」

「いや、神社とかお寺に来てる人たちの色が、面白い」

願いを持って神社仏閣にやってくる人たちは、そのへんの人たちよりも色が濃いのだという。

「あたしみたいに？」

「うん、丹子みたいに。丹子もきっと、何か願いを持ってるんだよ」

そんなの、持ってない。人にものを願うなんて甘ったるいことは、あたし、しない主義。いばったら、漣二さんは笑った。

「丹子は、働かないの」

「めんどくさいもん」

「働くのって、面白いよ」

あんまり漣二さんが楽しそうに言うので、それからあたしは働きぐちを探しはじめた。水商売ならばいろいろ心あたりはあったけれど、漣二さんが昼間の仕事なので、あたしも昼間の仕事を探した。

でも、荒れていたあたしにすぐに仕事が見つかるほど、今の世の中はかんたんじゃなかった。結局、漣二さんのつてで、あたしは神社の巫女《みこ》をすることとなる。

「やっぱり、かみさまが、好きなんだ」

あたしが言うと、漣二さんは真面目《まじめ》な顔をして、

「神様には、ぼくは頼らない。丹子と同じだよ」

と答えた。

巫女は面白かった。でも、巫女は定年が早い。あたしはそのころ二十二歳だったけれど、二十代終わりまで働いている人は少なかった。

「何か、資格でもとったら」

漣二さんはすすめた。なんかこの人、保護観察官みたい。あたしが思っていると、漣二さんはあたしの顔をじっと見つめ、

「ぼくのこと、ばかにしたね」

と言った。ばかにしたわけじゃないんだけどな。ただ、なんかちょっと、重かっただけ。あたしが答えると、漣二さんは少し悲しそうな顔になった。

今の漣二さんの色は何色だろうなあと、あたしは思いめぐらせた。たぶん、黄色に近いオレンジ。明るい色の方が、ネガティブな気持ちをあらわすことが多いんだって、漣二さんは言っていたから。

「自分の色は、見えるの」

ふと思いついて、訊《たず》ねた。見えるけど、うっとうしいから、見ない。漣二さんは言った。人のこと詮索《せんさく》するのは楽しいけど、自分のことは、見たくないもんだよ。

「それって、なんか、ひどい人じゃん」

そうだよ、ぼくはひどい人間だもん。漣二さんは笑った。漣二さんの、こういうところが、あたしは好きだった。

でもこれは全部、昔の話なんです。

漣二さんとは、しばらく恋人だったけど、やがてだめになってしまった。

「年も離れてるし、ぼくはセックスがあんまり好きじゃないし」

漣二さんはそう言って、別れを告げた。そうなの？　あたしも、セックスはそんなにしなくてもいいのに。もう、し飽きたし。

「でもなんだか、丹子はぼくといると、色がうすくなってくる」

それは、いけないことなの？　落ちついたってことじゃないの？

「いや、そういうんじゃないと思う。なんかこう、活気がなくなったっていうか」

働いたりしてるのが、いけないんじゃないの。

「いや、そうじゃない。働くのは、丹子に向いてるんだ。だって仕事してる時の丹子は、激しい赤だよ」

赤が何の気持ちを意味するのか、あたしにはわからない。ただあたしは、働いている時は、何も考えずに、ただいっしんに働いているだけだ。

結局、漣二さんとは別れた。あたしは気が抜けて、しばらくは巫女の仕事をいやいやこなしていたけれど、なんだかつまらなくなって、勉強をはじめた。あたしはやがて、宅建の資格を得た。みんなには、奇跡だって言われた。あたしも、そう思う。

不動産屋で、あたしは働きはじめた。車の免許もとって、不動産屋のネームの入った車でまことしやかにお客を案内したり、契約書をつくったり、大家と交渉したり、あたしが荒れていた頃を知ってる人ならひっくり返ってしまいそうに、真面目になったのである。

そろそろ、昔の話も、おしまいです。

あたしは、出世したのだ。いくつかのけっこう大きな契約を偶然とりまとめ、本社に呼ばれ、昔とった杵柄《きねづか》——人ににらみをきかせる手腕——で部下をきりきり掌握し、おまけにお客からは、「人生相談のできる不動産屋」との評判をとった。

荒れていた時代が、役に立った。

不動産屋にくるお客の中には、「夜逃げ」とか「家出」とか「離婚」とか「借金」とかいうたぐいの悩みをかかえている人が、けっこういる。そういう悩みならば、あたしはお手のものだ。自分の過去に照らし合わせてものすごく的確な助言ができるし、お金とか働きぐちとかは、ルルのマスターが役に立つ。ルルのマスターは、副業で人材派遣会社をやっているのだ（ルルが副業だという説もある）。

仕事をして、人に信頼もされて、めでたしめでたし。

そうやって、昔の話は終わりにしようかな、とも思った。

でもやっぱり、ちがう。

あたしは漣二さんのことが忘れられないのだ。どうしても。

なぜあんなに簡単に別れちゃったんだろう。漣二さんみたいな人は、今も昔もそのもっと昔も、一人もいなかった。ルルに、あたしはこのごろ毎晩のように行く。もしかしてまた漣二さんと会えないかと思って。

ルルには、昔のあたしみたいな子が、いっぱいいる。昔のあたしみたいな子たちは、昔のあたしとそっくりに、すぐ人をにらんだり、すごんだり、むかついたりしている。でもあたしは、へっちゃらだ。そういう子につかつかと寄っていって、

「なんかあんた、緑色してるね」

と言ってやる。漣二さんの真似《まね》をして。

あたしは漣二さんと違って、人の色は見えないから、それ以上色について語ることはしないけれど、かわりにその子たちの人生相談に乗ってやる。といっても、そういう子たちは、人に何か相談するのなんてサイテー、とか思ってるから、相談にみえないように相談に乗るのだ。

あたしはきっと、ルルで女の子たちの相談に乗ってる時は、赤い色をしていると思う。全力で、相談に乗ってるから。

そして、真夜中までルルにいても漣二さんに会えないで、とぼとぼ家路をたどる時には、金色をしている。漣二さん、漣二さん、って、恋しく思うあまり。

金色のあたしは、金色をまき散らしながら、夜道を走る（昔の話の中では言わなか

ったけれど、あたしは勉強と一緒に、マラソンも始めたのだ。もてあましているエネルギー発散のために）。

あたしのまき散らした金色の軌跡は、道にたくさんの金色の筋を残すことだろう。その筋は、きっと夜が明けるまで光りつづけることだろう。もしもいつか夜の闇《やみ》に輝く金色の道を見た人がいたら、どうかお願いします。漣二さんに、金色の道のことを、伝えてください。

九月の精霊

かん、という音が、遠くから聞こえてくる。あれはたぶん、伯父や伯母たちが鉦《かね》を叩《たた》いている音だ。

わたしのところの伯父や伯母は、七月でもなく八月でもなく、九月にやってくる。おそろいの水色のごばん縞《じま》の長袖《ながそで》シャツを身につけ、足どりはまちまち、先頭に立っているのは、マサ伯父である。

マサ伯父、と、なんとなく呼んでいるけれど、それがマサオなのかマサキチなのかマサシなのか、あるいはユキマサ、タカマサ、ヨリマサといった末尾にマサのつく名前なのか、誰も知らない。

マサ伯父の銀色の髪は一つに束ねられ、大きな眼の下にはたっぷりとした涙堂《るいどう》がある。艶福《えんぷく》、という言葉を、わたしはいつもマサ伯父に思う。実際、マサ伯父はとても女の人に人気があったらしい。心中未遂をおこしたこともあったのだと、ずいぶん前に祖母が言っていた。その祖母も、今は伯父や伯母たちの仲間である。

伯父や伯母たちは、四日間滞在する。最初の日には迎え火を焚《た》くが、ほかの家のようにお盆の時期に焚くのではないので、ひっそりと中庭に灯籠《とうろう》を灯《とも》すだけである。マサ伯父は灯籠がまわるのを見ているのが好きらしい。ほかの伯父や伯母たちはすぐに家に入るのに、マサ伯父だけは中庭に行き、真夜中までずっと灯籠を見ている。実際のところ、マサ伯父をはじめ、伯母や伯父たちは喋《しゃべ》るということをしないので、ほんとうにマサ伯父が灯籠が好きなのかどうかは、わからない。灯籠を眺めているマサ伯父の顔は、いつも少し放心している。

マサ伯父以外の伯父や伯母たちは、たいがい二階にある広間に入ってゆく。それぞれ落ちつく場所があるらしく、ある者は襖《ふすま》の横、ある者は床の間の前、ある者は十畳ある部屋のまんなかへんに居をさだめ、そのまま立っていたり、座りこんだりする。滞在している四日の間、伯父や伯母たちはほとんど動かない。静かに広間に佇《たたず》み、あるいは座り、ときおり鉦を鳴らすほかは、空を眺めたり中庭を見下ろしたりしている。

八月や七月のお盆ではなく、九月に伯父や伯母たちがやってくるようになったのには、わけがある。百年前のお盆に、この家は一度なくなってしまったのだ。以来、月をずらした九月に、伯父伯母たちはやってくるようになった。

家は、吹き飛ばされたのだ。竜巻だった。お盆の迎え火を焚こうとした時に、その大竜巻はやってきた。近隣の家が五軒飛ばされた。怪我人《けがにん》はなかったが、なにしろ家がすっぽりなくなってしまったのだ。やってこようとしていた伯父や伯母たちは、迷ってしまった。その年の夏は結局どこにとどまっていいのかわからずに、すぐに還《かえ》っていったらしい。

一年かけて家は建てなおされ、次の年の九月に完成した。以来、伯父や伯母たちは九月にやってくるようになったのである。

妹たちは、伯父や伯母をあまり好いていなかった。きもちが悪いという。よそのどこにも、こんな伯父や伯母たちはやってこないのに、なぜうちばっかり。妹たちは文句を言った。それでも、年に四日だけ辛抱すればいいのだし、害をなすわけでもなし、ただ黙ってそのへんにいるだけなのだから、九月の四日間が過ぎてしまえば、文句も引っこんだ。

成人して家を出ると、妹たちはお盆の里帰りをしなくなった。お正月には帰省するのに、夏には決してこの家に帰ってこようとしない。子供たちの教育に悪いからね。妹たちは言い合った。

女きょうだいしかいなかったので、長女のわたしが婿《むこ》をとった。夫は町の信用金庫に勤めている。伯父や伯母たちを疎《うと》んじることもなく、九月の四日間になれば一緒に迎え火を焚いてくれる、穏やかないい夫だ。娘二人も、伯父や伯母を怖がることはない。上の娘の舞子《まいこ》は、マサ伯父が大好きで、下の娘の美咲《みさき》は、襖の横にいる伯母に小さい頃からなついていた。

喋ることもできないのに、どうやって好きになるの。どの伯父や伯母にも、ことさらな執着心をもったことのなかったわたしは、娘たちに聞いてみた。だって、なんか、顔が好き。水色のチェックのシャツも、あの二人は特によく似合ってるし。娘たちはくちぐちに答えた。

翌年やってきたマサ伯父と襖の横の伯母を観察してみると、なるほど二人ともよくシャツが似合っていた。ことに伯母は、昔ふうの髪形なのに、今の人間が着るようなギンガムチェックのシャツが、不思議に身についているのだった。

ねえおかあさん、伯父さんや伯母さんたちって、たぶん、願い事を聞いてくれるよ。

娘たちがこっそり教えてくれたのは、その翌年のことだったか。

願い事って、どんなこと、お願いするの。

わたしが聞くと、娘たちはひそひそと答えてくれた。

明日晴れますように、とか。

なくしたノートが出てきますように、とか。

来週の給食のプリンを二つ食べられますように、とか。

好きな男の子と目があいますように、とか。

どれもこれも他愛《たわい》のないことで、願いが叶《かな》ったとしても、伯父や伯母たちが叶えてくれたのだかどうだかもわからない、そんなものだったけれど、娘たちは真剣だった。

中学生になっても、娘たちはときおり伯父や伯母に願い事をしているようだった。

ある日、次女の美咲が真っ赤な顔をして帰ってきた。そそくさと部屋に入ると襖をしめ、おやつはプリンだというのに、いつまでたっても茶の間に出てこない。

「どうしたんだろう」

「あの子、たぶん好きな子ができたんだと思う」

舞子が教えてくれた。

「うまく、いってるのかな」

「たぶん。この前の九月に、伯母さんに頼んでたみたいだし」

そうなの。わたしはあいまいに頷《うなず》き、天井を見上げた。伯母や伯父たちが帰ってくる広間は、ちょうど居間の真上にある。その時は十二月で、すでに伯父も伯母も還っていたから、そこには誰もいないはずだったけれど、なんとなくいつもよりも、ものの気配が濃いような気がした。


やがて娘たちも成人した。

夫がじきに定年で信用金庫を退職するということ、たっぷり時間ができたら奥の細道をたどる旅をしようと話し合っていた矢先に、わたしに病気がみつかった。命にかかわる病ではないが、体ぜんたいの機能が低下し、全身の倦怠《けんたい》が強くなり、寝つくことが多くなるという。

病の進行はゆるやかだったので、ごくごく気をつけながら、奥の細道の旅には何回か行くことができた。象潟《きさかた》の本屋では、舞子の好きな「ボーイズラブ」とやらの本をたくさん見つけ、送ってやった。

「あたしの分野とはちょっと違うけど、けっこう当たりだったです」

という葉書がきた。舞子はどうやら、その方面の漫画家をめざしているらしかった。ときどき同人誌を送ってくれるのだが、わたしにはよくわからなくて、伯父や伯母のくる広間の隅に重ねたままになっていた。

鳴子《なるこ》温泉では、こけしを買った。美大で学んでいる美咲に送ってやったら、

「こけしって、すごい造形。なんかすごい、新しいって感じ」

という葉書がきた。「すごい」が二回も使ってあるわよ、まったく日本語の乱れた娘ね。夫にこぼしたら、夫は笑った。

ぽつぽつと旅に出られたのも三年くらいで、あとは家でほとんど寝つくようになった。夫は娘たちとメールをかわしていたので、プリントアウトしてもらい、口づてで娘たちに返事を書いてもらった。

やがてまた数年が過ぎ、舞子は「ラノベ」とやらの小説家に、美咲は小さなデザイン事務所のデザイナーになった。伯父や伯母は、あいかわらず九月にやってきていた。

いつからか、九月にはわたしの布団《ふとん》は、広間に敷いてもらうようになった。

こうして寝ついてみると、伯父や伯母たちが近くなった。

マサ伯父は、やはりずっと中庭にいるけれど、ときおりわたしが寝ているあたりにやってきて、額を撫《な》でてくれたりするようになった。美咲の好きだった伯母も、居場所である襖の横からすすっと横すべりするように歩いてきて、わたしの枕《まくら》もとに立ってじっとわたしを見つめることが多くなった。

もうすぐこの人たちの仲間になるのかしら。夫に言うと、夫は首をかしげた。

そんなことは、ないんじゃないか。こうして体を休めて過ごしていれば、病院での検査の数値は悪くならないし、それに伯父さんや伯母さんたちは、べつに人をとり殺したりするものじゃないだろう。ただそこにいるだけで。

伯父や伯母の鳴らす鉦の音が、わたしは年々好きになってゆく。かん、と響く音は澄んでいて、ときおりその鉦の音には太鼓の音が混じる。どこか遠くからきこえてくる、太鼓の音である。

そういえば、と、わたしは思い出す。伯父や伯母たちは、願い事を叶えてくれるのではなかったか。

願い事は、たぶん淡いものでなければならない。娘たちはくわしく説明しなかったけれど、叶ったという願いを思い返せば、それはなんとなくわかった。

何か、願ってみようか。

寝たきりのわたしにとって、いつか叶えてもらう願い事を考えることが、それからのひそやかな楽しみとなった。

三年ほど考えつづけ、わたしは自分の願いを決めた。

九月がきて、伯父や伯母がやってくる日になると、わたしは布団を広間に移してもらい、ガラス窓越しに中庭の迎え火を眺めた。古いガラスは、ゆがんでかすかに波うっていた。マサ伯父は灯籠の横にしゃがみ、こちらに背中を向けていた。

いつか、伯父や伯母たちと一緒に、家族がお盆の食卓を囲めますように。

わたしは心の中で願い事をとなえた。

今年、娘たちは九月には帰省しないことになっていた。二人とも仕事が忙しくて、お正月に帰ってこられないことさえあった。

「来年のこの季節に、あの子たち、帰ってくるでしょうか」

夫に言うと、夫はうなずいた。

「みんなで揃《そろ》うことなんて、このところめったになかったから、どうかね。でも、久しぶりに四人で食卓を囲みたいね」

伯父や伯母たちは、静かにそのあたりにいた。鉦がひとつ、ふたつ鳴って、すぐに静まった。

翌年、思いがけない知らせがきた。

舞子がみごもったという。

「九月に帰ります。彼と一緒に。出産予定は、来年の二月。おばあちゃんとおじいちゃんになるんだよ」

プリントアウトしたメールを、夫が嬉《うれ》しそうに見せてくれた。

美咲も、舞子の帰省にあわせて休みをとるという。夫ははりきって、作りためた保存食の味見をし、畑で栽培しているかぼちゃやきゅうり、トマトや茄子《なす》の熟れ具合を、毎日たしかめた。家じゅうの大掃除をし、広間もきれいに拭《ふ》き清めた。

送り火を焚く少し前に、娘たちは到着した。

舞子が連れてきた「彼」は、加賀美宗司《かがみそうじ》と名のった。

「はじめまして、後先《あとさき》が反対になりましたが、どうか娘さんと結婚させて下さい」

ぬうっと大きな男の子だった。男の子、という年齢でもなかったけれど、なんとなくまだ「男の子」と呼びたくなるような雰囲気の子だった。

「どう、なかなかいい男でしょ」

舞子は自慢した。

加賀美宗司は、紺色のギンガムチェックのシャツを着ていた。誰かに似ていると思ったら、マサ伯父に似ているのだった。

加賀美宗司は、舞子からマサ伯父を紹介されて、目を白黒していた。紹介といっても、言葉をかわしあうわけではなく、舞子が一方的にマサ伯父の目の前にゆき、無理やりのようにして加賀美宗司をマサ伯父に見せつけるのである。

マサ伯父はいつものように放心していた。

その夜の食卓は、はなやいでいた。加賀美宗司がいやがらないので、広間に座卓を置き、娘たちと夫とが作ったごはんを、みんなで食べた。わたしは座椅子《ざいす》に寄りかかり、少しずつとりわけてもらった魚や野菜を、ゆっくりと口に運んだ。加賀美宗司はお酒に弱いらしく、ビールを少し飲んだだけで顔をまっかにしていた。

伯父や伯母たちは、わたしたちを遠巻きにしていた。こんなふうに広間で食事をすることなどなかったせいかもしれない、いつもと少しずれた場所に移動し、不思議そうにわたしたちを眺めていた。

ビール瓶が何本かあき、一升瓶のなかみもずいぶん減ったころ、マサ伯父が広間に入ってきた。

「あっ、珍しい」

舞子が嬉しそうに叫んだ。マサ伯父は、まっすぐ座卓まで進んできた。そして、あたりまえのような表情で、加賀美宗司の隣に座った。飲みますか、と、夫が聞くと、マサ伯父はうなずいた。マサ伯父の前にお猪口《ちょこ》を置き、お酒をついだ。マサ伯父は首を深くまげて、お猪口に口をつけた。しるしのように口をつけただけだったけれど、舞子も美咲も夫も大喜びだった。加賀美宗司も、まっかな顔で、にこにこしていた。どうぞ気がついてみると、ほかの伯父や伯母たちも、座卓のまわりに座っていた。どうぞどうぞ、お好きなものをめしあがって。夫が言うと、伯父や伯母たちは、ある者は指の先を、ある者は口を、ある者はてのひらを、卓の上の食べものに、しるしのようにふれさせた。どの伯父も伯母も、決して音をたてることはなかったのに、広間はなんだかとてもにぎやかだった。

送り火を焚く日まで、娘たちと加賀美宗司は泊まっていった。

加賀美宗司はフリーの編集者なのだという。舞子は、子供が生まれる前にこの家に帰ってきたいと言った。加賀美宗司は、しばらくは東京とここを行ったり来たりしながら仕事を続けるそうだ。

「そのうちに、あたしが売れっ子になって、宗司はここで農業とかするといいよ」

加賀美宗司は農家の三男坊なのだ。

広間にずっと置いてあった舞子の学生時代のボーイズラブ同人誌を、加賀美宗司は熱心に読んでいた。

「過激だなあ。こういうの、お母さんやお父さんに見せるものなの？」

加賀美宗司はびっくりしたように聞いた。

そう？　ふつう、見せない？　舞子は反対に驚いていた。伯父や伯母のうちの数人が、加賀美宗司が開いた同人誌を、じっと見つめた。やだ、恥ずかしいから見ないで。舞子が叫んだ。

「へんな奴《やつ》だなあ、ご両親なら平気で、この人たちには恥ずかしいの？」

加賀美宗司は首をかしげた。

舞子と美咲を育てたのは、もしかしたらこの伯父や伯母たちだったのかもしれないなあと、わたしは思った。人間なんて、なんにもできないのだ。死んだ伯父や伯母たちに手伝ってもらって、ようやくなんとか形ができあがってきた、そのくらいのものなのだ。

かん、と鉦を鳴らしながら、伯父や伯母は還っていった。

「還っていく時は、少しさみしそうね」

美咲が、初めて気づいたように、つぶやいた。

願い事は、叶いました、ありがとう。水色のごばん縞の精霊たちに向かって、わたしは心の中で手を合わせた。かん、という音がまたして、それから止《や》んだ。その瞬間、伯父や伯母の姿も、きれいに消え去っていた。

ラッキーカラーは黄

阿部《あべ》さんの家に遊びにいった。

家は海辺にある。太平洋に面した砂浜から少しだけ陸地がわに歩いたところの、うす茶の二階建て。家のまわりには、漫然と植物がはえている。庭と道のさかいめは曖《あい》昧《まい》で、塀も門もない。

みやげはクッキーがいいというので、缶入りのクッキーを買っていった。

阿部さんの家には、阿部さんが三人いる。一人は、女の阿部さん。もう一人は、男の阿部さん。そしてもう一人は子供の阿部さん。

三人のうちの誰かに呼びかける時には、「ねえ、女の阿部さん」「あの、男の阿部さん」というふうに言わなければならない。阿部さんの家では、名前というものが嫌われているのだ。

どうして名前が嫌いになったのかと、いつか女の阿部さんに聞いたことがある。

「だって、名前って、なんとなく枷《かせ》になるじゃない」

女の阿部さんは答えた。

「枷？」

聞き返すと、女の阿部さんはうなずき、

「ほら、せりなだって、せりなっていう名前じゃなかったら、こういうベレー帽とかかぶらなかったと思う」

と言い、あたしがかぶっている抹茶色《まっちゃいろ》のベレーのポンポンをさわった。

「それ、名前と関係ないよ」

「ううん、きっと関係ある」

せりなって、かわいっぽい名前じゃない。だからほら、せりながいつも着てるものだって、とんがったハイヒールにしゃらしゃらした生地のワンピースとかスカートとかじゃなく、ぽてんとしたチュニックに細いジーンズ足もとはスニーカー、っていう感じなんだよ。女の阿部さんは説明した。

「名前のせいじゃなく、あたしがそういう服装が好きだからしてるだけだよ」

「いやいや、そういう服装が好きになったのも、そもそも野に咲く花っぽい響きの、せりなっていう名前を持ってたからじゃないのかなあ」

そう言って、女の阿部さんは笑った。たいして本気であたしを説得しようとしているわけではないのだ。

そういえば、女の阿部さんは、いろんなタイプの服を持っている。今日は、体にぴったりはりつくようなまっ黒いミニのワンピースに、紫色のレギンス、頭には黄色いターバンをぐるぐる巻きつけている。

「それ、何ふうっていうの」

聞いてみたら、女の阿部さんは少し首をかしげた。

「インドネシア？　か、それとも、アルゼンチン？」

本人にも、よくわかっていないらしい。

女の阿部さんとあたしは、会社の同僚だ。服装の傾向が日によってあんまり違うので、あたしと会うまで、女の阿部さんには同僚の友だちがいなかったのだという。

「服装って、友人関係を左右するんだ？」

驚いて聞くと、女の阿部さん（会社では、ただ「阿部さん」と呼んでいるわけだけれど）はうなずいた。

「そうなの。どうもねえ、日本人って、ある一定の型にはまってない人間を見ると、不安になっちゃうみたい」

確かに、女の阿部さんの服装からは、女の阿部さんがどんな型をもつ人間なのか、さっぱり推《お》し量《はか》れない。あだっぽいタイプなのか、遠慮深いタイプなのか、明るいのか、優しいのか、厳しいのか。

「なるほど、服装って、けっこう、あるかも」

「でしょ。名前も、それと同じなの」

名前と服装は、なんだか違う気がするけど。あたしは内心で思ったけれど、口には出さなかった。ちなみに、女の阿部さんの名前は、「さゆり」という。

「ね、なんだかいかにも、さゆりっぽく育ちそうな名前でしょ」

女の阿部さんは真面目《まじめ》な顔で言う。

「さゆり」っぽい人間が、いったいどんな人間なのだか、あたしには見当もつかない。でも、言われてみれば確かに女の阿部さんは、「さゆり」とは違う感じがしないでもない。

「子供の阿部さんには、名前、あるの」

「あるよ、だって名無しじゃ法律が許してくれないから」

「どんな名前」

「さゆり」

子供の阿部さんは、女の阿部さんと男の阿部さんの娘だ。母親と同じ名前の子供かあ。あたしは目をまるくした。

「考えてるうちに、ぐるぐるしだしちゃったから」

女の阿部さんはにやっと笑った。

女の阿部さんは、会社ではめだたない。服装に統一性はないけれど、会社に着てくるのは女の阿部さんの手持ちの服のうち、ごく穏当なものばかりなので（あたしが女の阿部さんちを訪ねた時に着ていた、れいの紫色のレギンスに黄色いターバン、なんていう類《たぐい》のものは、むろん会社には着てこない）、人の目はべつにひかないのだ。仕事は真面目で、でもひどく自己主張をすることもなく、飲み会の出席率はだいたい五十パーセント。

ところが、ある時異変が起きた。

女の阿部さんを、「さゆりさん」と呼ぶ女があらわれたのである。

呼ばれた女の阿部さんは、たぶんかなり不快に思ったはずだ。下を向いてこっそり表情を変えただけだったので、久しぶりに名前を呼ばれた女の阿部さんの反応を知りたくてじっと観察していたあたしにしか、わからなかったはずだけれど。

「下の名前じゃなく、姓を呼んでください」

女の阿部さんは、女に頼んだ。

「あら、そんな他人行儀なこと言わないでよ。ね、せりなさんだって、そう思うでしょ」

女はあたしの方に向き直って同意を求めた。あたしは固まってただ立っていた。

「さゆりっていう名前、好きじゃないんです」

阿部さんは柔らかく続けた。呼ばれかたに堅固《けんご》な主張は持っているが、女の阿部さんは決してこわばった態度の人間ではないのだ。

「あら、わたしはさゆり、好きよ。吉永小百合《よしながさゆり》と同じ名前なんて、すてきじゃない」

女はくらげのようにてのひらを揺らめかせながら、にこやかに言った。女の阿部さんは小さなため息をついた。女は、気づかないふりをした。

あたしたちの会社には、女が多い。そして多くの女たちに肩書が与えられている。

女の阿部さんは、係長だ。女の阿部さんを「さゆり」と呼ぶ女は、次長である。上司の言葉には、さからわず。昔からの会社の決まりだ。

「セクハラだって、訴えてみたら」

あたしは提案したけれど、女の阿部さんは薄く笑うだけだった。いいの。昔から慣れてるから。それに、セクハラは無理だよ。じゃ、パワハラは？　ますます無理。

なぜ女の阿部さんが下の名前を使うことを潔《いさぎよ》しとしなくなったのか、あたしはあらためて不思議に思うようになった。そもそも、普通に生活していると、下の名前を呼びあう機会なんて、ほとんどないんだし。

「いや、ただのこだわり」

女の阿部さんは言った。

それがいったい何のこだわりなのかは、女の阿部さんは説明してくれなかった。会社生活は、少しずつぎすぎすしていった。女の阿部さんが名前で呼ばれることを明らかに嫌っているのは、いくら隠してもにじみ出てしまったし、すると次長はますます依怙地《いこじ》になって「さゆりさん」と呼び続けるのだった。

なんとなく気がはれないから、フリーマーケットでいっぱい服を売ろう。

と、女の阿部さんに誘われた。そんなに売るほど、服持ってないから。と言うと、女の阿部さんは、じゃあ、あたしの服売るの手伝ってくれる？と聞いた。

フリーマーケットの日は、雲一つない晴天だった。女の阿部さんの服だけでなく、男の阿部さんの服も子供の阿部さんの服も、値札をつけてきれいに並べた。服はどんどん売れた。いちばん高いのが五百円で、三十円、なんていう値をつけられたものもあった。

すべての服がなくなったのは、まだ午後三時にもならない時刻だった。

「あー、売れた売れた」

女の阿部さんはのびをした。小銭を入れた、いつかあたしがおみやげに持っていったクッキーの空き缶を、女の阿部さんは上下に揺らした。じゃらんじゃらんという、いい音がした。

「何か食べよっか」

女の阿部さんは言い、あたしの答えを聞く前にすたすた歩きだした。やがてやきそばの屋台の前できゅっと立ち止まり、大きな声で「二つ」と注文した。

芝生に座って、二人でやきそばを食べた。三十円のTシャツを値引きしようとごねたおばさんの是非について、あたしたちは喋《しゃべ》った。それから、五百円のニット帽を買って千円札を出し、釣りはいらないといばったおじさんについても。

「おじさんの方に、一票」

「いや、おばさんの粘りも、あなどれない」

女の阿部さんの歯に、青のりがくっついている。朝からずっと地べたに座っていたので、お尻《しり》が冷えていた。女の阿部さんは、唐突に上を向いた。青のりがくっついたままの歯を見せて、口をぽかんとあけ、しばらく青空を見ている。

「あのさ」

女の阿部さんが言った。

「あたし、一回死んだことがあるんだ」

ぎょっとして、あたしはほんの少し目をそらした。上を向いたままの女の阿部さんが、目をそらしたことに気づいていないといいなと思いながら。

「事故で、脳波が停止したの。でも、ほんの少ししたらまた、脳波、出てきたんだって」

女の阿部さんは、ゆっくりと喋りはじめた。

いったい脳波というものは、そんなに簡単に「出たり入ったり」するものなんだろうかと驚きながらも、あたしは女の阿部さんの言葉にじっと耳をすませた。

「仮死状態になったんだけど、また生き返ったらしいんだ」

そうなんだ。おっかなびっくり、あたしは答える。

女の阿部さんは、十五歳の時、車の前に飛び出した友だちをかばおうと車道に走り出て、そのままはねられたのだった。意識不明の重体が一週間続き、やがて脳波は停止した。けれど、ご臨終です、という医者の声に、お父さんとお母さんが号泣《ごうきゅう》しはじめたところで、ふたたび脳波計に波があらわれたのだという。

「よかったね」

「うん。でもあたし、その前の記憶を、全部なくしちゃったの」

以来、女の阿部さんは、自分が「待田《まちだ》さゆり（待田は、女の阿部さんの結婚前の姓だそうだ）」という人間なのだという実感を持てないまま、生きてきた。

男の阿部さんと結婚して、はじめて女の阿部さんは、自分が「阿部」という存在ときちんと同化できた、と感じた。

「だから、女の阿部さんなのか」

「そう」

「さゆりって呼ばれても、他人みたいな感じなんだね」

「そう。なんか、さゆり、っていう実体と自分とが、半分以上ずれてるような」

「でもさ」

あたしは聞いた。

「だからって、子供の阿部さんに『さゆり』って名づけるの、適当すぎない？」

女の阿部さんは、あはははは、と笑った。今日の女の阿部さんの服装は、羊みたいにもこもこしたミニのワンピースに、七色の縞《しま》のタイツ、それに黄色いブーツだ。

「黄色い小物が、好きなの？」

あたしは聞いてみた。女の阿部さんはうなずいた。

ひよこの黄色。だから、黄色はあたしのラッキーカラー。病院の天井が、黄色だったの。

女の阿部さんは立ち上がった。青のりを歯にくっつけたまま、女の阿部さんは海辺の家へと帰っていった。

翌朝、次長に「さゆりさん」と呼ばれた女の阿部さんは、晴れやかな顔で、

「はい、何ですか」

と返事をした。先週までは、あんなにどんよりした声でしか答えなかったのに。あ

たしは思わず顔をあげて女の阿部さんを見た。くもりのない笑顔だった。

「ゆかりさん、今日のスカーフ似合ってますね」

女の阿部さんは続けた。次長はほんの少し、身を引いた。そういえば、次長の名前は「ゆかり」というのだった。正式には、中吉田《なかよしだ》ゆかり。

「あ、ありがとう」

次長すなわち中吉田ゆかりは、顎《あご》を引き気味に答えた。

「でね、さゆりさん。会議の資料、ちょっと手直しが必要じゃないかと」

女の阿部さんは、ゆかり次長のデスクにすっと寄ってゆき、ゆかり次長に顔を寄せた。書類をめくりながら、二人は相談を始めた。緊張していた部屋が、その瞬間、ほぐれた。いつもの、忙しい朝が、始まった。

一日じゅう忙しくて、その日は女の阿部さんと喋る暇がなかった。翌日は、女の阿部さんが外回りだった。ようやく女の阿部さんとお昼を食べられたのは金曜日で、その頃には部署のみんなは、女の阿部さんが次長を「ゆかりさん」と呼んだ時の衝撃にも、女の阿部さんが「さゆりさん」と呼ばれても嫌そうにしなくなった変化にも、すっかり慣れてしまったようだった。

「どうしたの、宗旨《しゅうし》がえしたの」

あたしはせきこんで訊《たず》ねた。

「いや、そろそろさゆりって名前に慣れてもいいかなって思って」

「きっかけとか、あったの」

「事故の話、人にしたの、男の阿部さん以外、せりなが初めてだったの」

そ、そうなんだ。女の阿部さんと、それほど親しいと思ってはいなかったので、あたしは内心で驚いたし、少しだけ、ひいた。

「いや、心から信頼してるから、とかいうんじゃなく、きっと、時期がきたんだと思う」

「心から信頼、してないんだ」

あたしはつぶやいた。

「うん。してた方が、よかった?」

いや、それは。女の阿部さんの顔を、あたしはちらっと見た。女の阿部さんは、にっこり笑った。それから、黒酢やきそばをおいしそうに食べはじめた。

(女の阿部さんは、やきそばが好きなんだな)

(会社って、へんなところだな)

あたしは同時に思った。それから、運ばれてきたみそラーメンに、おもむろに箸《はし》をのばした。

ゆかりさん、さゆりさん、と呼びあっている係長と次長は、今でもやっぱりなんだか、へんだ。その証拠に、社外の人が来ると、いちようにぎょっとする。でも、部屋のぎすぎすした感じがなくなって、部署のみんなは内心で大いにほっとしているはずだ。

女の阿部さんの家には、今も半年に一回くらい遊びにいく。仲いいんだねえ、俺なんて、家に呼びたい同僚なんて、一人もいないよ。男の阿部さんは感心する。いや、心から信頼しあってるわけじゃないから。女の阿部さんとあたしは、同時に答える。

このごろ女の阿部さんは、子供の阿部さんのことを、「さゆり」とか「さゆ」とか「ゆりっち」とか呼びはじめた。

「名前も、なかなかいいもんだと、最近思ってさ」

「ゆかりさんのおかげだね」

そう言うと、女の阿部さんは顔をしかめた。

あたしは今も、女の阿部さんのことは、女の阿部さんと呼んでいる。まだ何も決まっていない、まっさらのものが、そこにあるような感じがするから。

ちなみに、フリーマーケットでかせいだお金で、女の阿部さんはミドリガメを十匹買った。全部に「ゆかり」という名をつけ、しごく邪険《じゃけん》な態度で毎日餌《えさ》やりをしている、と教えてくれたのは、男の阿部さんと子供の阿部さんである。

ホットココアにチョコレート

世界一のサンドイッチのつくりかたを教えてあげよう。

まず、食パン（できれば雑穀の）を、一センチよりもほんの少し厚く切る。

それを、焼き色がつかないくらい、軽く焼くんだ。

レタスの葉っぱは、二枚。きれいに洗って、水はしっかりぬぐうこと。

大切なのは、ハムの質。できるだけつなぎの少ないものがいいんだけど、そういうのは決まって高価でしょ。だからしかたない、駅前のスーパーマーケットで二番めにいい、一パック十枚入りの「とっておき徳用ロースハム」を、おれはいつも買うんだけどさ。ところでさ、とっておき徳用、って、なんか言語矛盾みたいな商品名だと思わない？　とくに思わない？　そう。

で、焼きたてのパンの上に、レタスをたいらに敷いて、その上にロースハムを五枚。

無心で、かぶりつく。

バターやマーガリンをぬるのは、邪道だからね。パン。レタス。ハム。その三種類だけが口の中で渾然一体《こんぜんいったい》となるのが、最高。おれはそう思うんだよな。

うん、ほんとに、そうだね。あたしはつぶやく。

こんなにシンプルな作りかたなのに、たしかに匡《ただし》の教えてくれたサンドイッチは、思いがけないくらいおいしい。

たっぷりいれたミルク紅茶に、新鮮なサラダ。ヨーグルトにはアプリコットジャム。匡が用意してくれた、そういうものと一緒に食べると、そのおいしさはまたひとしおだ。

匡は、あたしの恋人だ。あたしたちは一緒に暮らしている。匡はとても優しい。顔も声もいい。清潔で、趣味もいい。

いうことなしの恋人のはずだし、誰に会わせても、

「すてき」

「うらやましい」

「しあわせな奴《やつ》め」

と、まったくもって言うことなし、なのである。

でも、あたしは思ってしまうのだ。

なんだかなあ、って。

だから、なおみちゃんが匡について、

「あの人、やりにくくない？」

と聞いた時には、はじめて味方を得た思いだった。

「やりにくいって？」

あたしは用心深く聞き返した。

「なんかこう、匡くんて、あっごめん、花梨《かりん》の大事な恋人なんだよね、彼」

なおみちゃんが途中でやめそうになったので、あたしはあわてた。

「いや、遠慮しないで。聞きたい。お願い」

「ほんとに、いいの？」

「うん、もちろん」

「じゃ、言っちゃう。あのね、あの人って、なんか、ステキすぎじゃない？」

そうなのよー。あたしは叫んだ。そして、なおみちゃんの手を、ぎゅっと握りしめたのだった。

匡が、「ステキすぎ」なわけを、あたしは知っている。

匡は、自分の父母（ことにお母さん）を尊敬しているのだ。そして、その父母（ことにお母さん）の立派な教えを、世にも大切にしているのだ。

マザコン。

という名前の営為があることを、あたしたちはよく知っている。

母親のことが大好きで、母親に支配されていて、そしてその支配を疑っていない。

それが、マザコン、というものの実態だ（たぶん）。

じゃあ、匡はマザコンなのだろうか。

それはちょっと違う、ような、気がする。

あたしは、匡のお母さんの純子さんと、存外仲がいい。

恋人の母親にとりいらなくちゃ、とか、そういうのではなく、ごく自然に、純子さんはあたしによくしてくれるのだ。

匡の家は、けっこう厳しい。まずお金のこと。高校を卒業した後に実家に住み続けるとしたら、生活費を家に入れる、という決まりになっている。学生時代は月に八万円。就職したら、給料の六十パーセント。もちろん家を出て一人で住むのは自由。その場合は、学費以外は自分で捻出《ねんしゅつ》すること。

人間関係だって、甘くない。両親のことを「じじい」「ばばあ」なんて呼んだら、即刻家を出ていってもらう、ということだったらしいし、反対に親が子に向かって、「親の言うことだから聞くように」なんてかさにかかった言い方をすると、家じゅうの人間からブーイングがわきおこるのだという。

匡も弟の潔《きよし》くんも、就職してからは一人ずまいになった(この一年ほどは、匡はあたしとの二人ずまいだけれど)。匡が純子さんと会うのは、年に二回くらいだ。お正月と、お盆の休み。その時だって、実家に泊まることはなくて、あたしと一緒に訪ねてゆき、夕飯を食べたら、そのままあたしたちの部屋に帰ってくる。

電話もメールも、ほとんどしていない(と、思う。調べたことはないからわからないけど。まあ、雰囲気でなんとなくわかる、つもり)。

むしろあたしの方が、匡よりも純子さんとよく会っているくらいだ。

あたしは、純子さんと同じヨガの教室に通っているのだ。チケット制だから、かちあうことは三ヵ月にいっぺんくらいだけれど、そういう時には純子さんは、あたしを夕飯に誘ってくれる。

純子さんは、ごくさっぱりした母親だ。

匡にやいやい言って意見を押しつけることはしないし、匡の方だって、とりたてて純子さんにべたべたすることはない。

それなのに、あたしはやっぱり釈然としないのだ。どうしてあたしは、匡と純子さんのあいだがらについて、こんなにもやもや思ってしまうんだろう、って。

純子さんは、食事をとる時にはいつもお酒を一杯だけ飲む。洋食の時なら、シャンパンか白ワインを。和食の時にはお燗《かん》を一本。夏になれば、生ビールの大ジョッキ。

頬をまったく染めることなく、純子さんはたんたんとお酒を飲み、食事をする。

「お酒も好きだけど、甘いものもいいわね」

そんなふうに言いながら、デザートもていねいに選ぶ。

「匡は、元気」

ついでのように、純子さんは聞く。それがほんとうについでなのだということは、はっきりわかる。なぜなら、匡についてあたしが報告することを、純子さんは、たいして熱心に聞いていないからだ。

匡の話なんかより、近ごろ見つけたかわいい雑貨屋さんのことや、あたしの職場の愚痴ばなしなんかを聞いている時の方が、純子さんはずっと楽しそうだ。

「で、その女、男にはもてるの」

「まあまあ、ですかね」

「わたしたちの頃は、そういう女って、やたら男にもてるっていうのが定石《じょうせき》だったけど、今の男の子たちは少しは利口になってるのかしらね」

職場の、裏表のある後輩について、あたしは純子さんに喋《しゃべ》っているのだ。

「利口っていうか、男の子たち、けっこう、きびしいです」

「ぶりっ子って、もう最近の男の子たちには通用しないの？」

「ぶりっ子。なつかしい言葉ですね」

純子さんは、あははと笑った。洋梨《ようなし》のシブーストをすいと口に運び、おいしそうに咀嚼《そしゃく》する。

裏表のある職場の後輩は、匡のことを、ちょっとだけ、ねらっているのだ。そのことを、あたしは純子さんに言わない。言っても、純子さんなら大丈夫だろう。でもやっぱり、言わない。そういう言いつけぐちって、なんだか下品だと、純子さんに思われそうな気がするから。

純子さんと匡の結びつきの強さをいちばんに感じるのは、食事の時だ。

匡と純子さんは、あまり似ていない。顔も、雰囲気も、喋りかたも。けれど、食事のしかただけは、そっくりなのだ。

お箸《はし》の持ちかた。おかずの食べかた。食事のスピード。外食の時ならば、メニューの選びかた。

純子さんと食事をしていると、まるで匡と一緒にいるような気分になってくるのだけれど、最初あたしは、そのことを何とも思っていなかった。

匡は、ものをきれいに食べる。そういう男は、すてきだ。よくぞ純子さんは、匡を礼儀正しい男に育ててくれたと、あたしは感謝したりもした。

けれど、いつからだろう。あたしはほんの少し、つらくなってきてしまったのだ。なぜならある時、あたしは気がついてしまったからだ。実のところ、匡と純子さんにひきくらべると、あたしの食事のしかたがあんまりきれいじゃないことに。

あたしは、よくおかずを残す。迷い箸もするし、ひじもどんどんついてしまう。口の中にものを入れたまま喋るし、使いおわったお箸は、先っぽから十センチ以上は濡《ぬ》れている。

もしかすると、あたしは匡よりもずっと下世話《げせわ》で俗悪な女なんじゃないだろうか。

食事のしかただけじゃない。あたしは匡や純子さんよりも、ずっとミーハーだ。テレビのバラエティー番組を見てあたしが笑っている横で、いつも匡はぽかんとしている。べつに、(なんでそんなくだらないものを)と思っているわけではないだろう。でも、匡はしんから不思議そうに、笑うあたしを眺める。そして、しまいに、こんなふうに言う。

「花梨はいつも楽しそうで、そういうのって、好きだなあ」

あたしはとたんに、落ちつかなくなる。

そうだ。あたしは、ひけめを感じているのだ。匡と、純子さんに。その二人につらなってある、上品さに。

「やめたら」

なおみちゃんは言った。あたしはなおみちゃんと、チョコレート屋さん経営のカフェに来ているのだ。なおみちゃんはチョコレートサンデー、あたしはホットココアにホワイトチョコレートケーキを選んだ。

「やめるって」

「だって、釣り合わない相手は、つらいよ」

「釣り合うとか釣り合わないって、今の世の中でそんなこと、あるのかなあ」

「だからますます、困るんだよね」

なおみちゃんは、きゃしゃなスプーンで生クリームをすくい、口にはこんだ。それから、ぺろりと舌でくちびるをなめた。

(純子さんは、決して舌でくちびるをなめたりしないんだろうな) あたしは思う。

「外国みたいに、クラースがどうのこうの、とかいうことじゃなくて、でもやっぱり、そういうのって、なんか、ある気がする、日本にも。純粋に気持ちの問題なんだけどさ」

「きもち」

あたしはなおみちゃんの言葉について、考えてみる。クラース。不思議な言葉だ。なおみちゃんは、のびのびとチョコレートサンデーを食べつづけている。純子さんとは、まったく違う雰囲気で。ほんの少しお行儀わるく。でも、とびきりおいしそうに。

「ね、あたしときどき、しびれるように甘いものが食べたくなるんだけど、なおみちゃんはそういうことって、ない?」

「あるある」

あたしはフォークでチョコレートケーキを大きめに切りわけ、もぐもぐ嚙《か》んだ。このケーキは、ふつうのカフェよりも甘くてしつこい。だから、匡とは来ない。純子さんと同じで、匡は甘さひかえめのスイーツを好むから。

そうこうしているうちに、ついにその日がやってきた。

結婚しよう。

匡が言ったのである。匡がつくったスリランカふうのカレー（とっても辛い）を食べている最中だったので、あたしはむせた。

「結婚て、あの、結婚だよね」

あたしは確かめるように言った。

「うん、たぶん、その、結婚」

「ほんとに、ほんと？」

「ほんとに、ほんと」

ちゃかすようなあたしの口ぶりに、ちゃんと匡はあわせてくれた。ああ、なんていい人なんだろうと、あたしは思った。まるで他人《ひと》ごとのように。

しばらく、あたしは黙っていた。匡はにこやかにあたしを見ている。ああ、なんてきれいな顔なんだろうと、あたしは思った。まるで他人ごとのように。

「結婚は、しない」

あたしは答えた。

匡は、ぼんやりしていた。あたしが断るなんて、想像もしていなかったのだろう。

「しないよ、結婚」

もう一度、あたしは繰り返した。

そして、一年がたった。二年めも過ぎ、やがて、あたしが匡と別れてから五年がたとうとしている。

あたしはまだ結婚していない。

匡のことを、あたしは今でもときどき考える。

どうして、あたしたちはだめだったんだろう。

五年たって少しは大人になった今考えても、匡はいい男だ。純子さんだって、ぜんぜんいやなところはなかった。

でも、だめだった。

「脳天がしびれなかったからじゃないの」

なおみちゃんは、言う。

「なにそれ」

「結婚なんてさ、脳天がしびれる感じでばかになってなきゃ、できないことだよ」

きちんと考え始めちゃったら、怖くてできないでしょ。なおみちゃんはにこにこと説明した。

この五年の間に、なおみちゃんは、二回結婚して、二回離婚した。そのなおみちゃんが言うのだから、本当のことなのかもしれない。

「でも、恋愛しても、脳天なんてしびれないよ」

「花梨の恋愛は、甘いものに負けるのか」

そうだな、と、あたしは思う。甘いものをたくさん食べた時のあのしびれよりも凄《すご》い恋愛を、あたしはかつてしたことがあっただろうか。

「あのね」

あたしは、なおみちゃんに打ち明けた。

「こないだ、純子さんに会った」

「そうなんだ」

「一緒に夕飯食べて、白ワインのボトルを一本あけた」

「楽しかった？」

「うん。けっこう楽しかった。楽しくて、困った。その時のおみやげ」

あたしは、チョコレートの箱をさしだした。ここのお店のこれ、おいしいから。そう言って、純子さんは会計の時に、お店のチョコレートを買ってプレゼントしてくれたのだ。

なおみちゃんは、真面目《まじめ》くさった顔でチョコレートをつまんだ。慎重に、もぐもぐ味わった。それから、大声で叫んだ。

「なにこれ、ぜんぜん甘くないっ」

あたしたちは顔を見合わせた。

なおみちゃんが最初に笑いだし、あたしもつられて笑いはじめ、あたしたちはしばらく笑いつづけた。それから、ぱたっと笑いやめたなおみちゃんは、聞いた。

「ところで、花梨、匡くんの教えてくれた世界一のハムサンド、今も食べてる？」

「一年に一回くらい、食べる」

「今も、おいしい？」

「うん、一年に一回くらいなら」

純子さんはそのことについて何もふれなかったけれど、あたしには、なんとなくわかる。匡は、きっとあれからじきに、結婚したことだろう。たぶんあたしよりも五倍くらい上等な女と。そして、あたしとつくるよりも十五倍くらい上等な家庭をつくっていることだろう。

その日もあたしとなおみちゃんは、とってきおきのケーキ屋に、しびれるくらい甘いケーキを食べにいった。三個ずつ食べて、あたしたちはようやく満足した。あたしもなおみちゃんも、まあしばらくは、結婚しないんだろうな。匡、どうか、しあわせにね。

信長《のぶなが》、よーじゃ、阿闍梨餅《あじゃりもち》

新田義雄《にったよしお》のことを、このごろあたしは、しょっちゅう考えてしまう。

「それは恋じゃないの？」

久しぶりに会った森村に言われた。

「そうじゃないって。森村はさ、恋愛が上手だけど、あたしはね」

「上手って、なにそれ」

恋愛は、あたしもたまにする。でも、ごくたまにだ。この二年ほどは、すっかり遠ざかっている。

「ね、疲れない？」

あたしは聞いてみる。

「何が」

「週に一回とか男に会うの」

「週に一回？」

「うん」

「週に四回以上会うんじゃなきゃ、恋愛ってあたしは呼ばないよ」

森村は涼しい顔で答えた。ちゃんと会社に勤めているのに、そのうえ森村はけっこう会社では大事な仕事もまかされているのに、四回も！　あたしは仰天《ぎょうてん》する。

新田義雄は、会社の同期だ。六人いる同期のうち、女は二人で男が四人、その四人の男の中でいちばんめだたないのが、新田義雄だ。

新田義雄のことが気になりはじめたきっかけは、出張、だった。

あたしたちの会社は、京都に本社がある。だから、年に二回ほどは京都出張がある。

たいがいの社員は、京都出張が好きだ。

東京からは新幹線で一本で便利だし、時間があいたら観光もできるし、それになんといっても、京都だし。

「日本人って、みんな京都が好きですよね」

いつか、課の後輩の女の子が言っていた。

「あたしも友だちが大学からずっと京都なんで、行くと泊まらせてもらうんです。伏見稲荷《ふしみいなり》のそばのマンション」

女の子が嬉《うれ》しそうに続けるのを、みんなはふんふん聞いていた。あたしも、課長も、課のほかの人たちも。ところが、新田義雄だけは、うつむいて顔をしかめていたのである。

（あれ）

あたしは思った。新田義雄はみんなに背を向けていたので、その表情を見たのは、たまたま新田のすぐそばにいたあたしだけだった。

新田義雄は、首をこきざみにふっていた。それから、力をこめて肩を上下させた。最後に、両手で目の前の空間をかきまわした。まるで何匹もの虫を追い払うかのように。

でも、その空間には、虫なんていなかった。

もちろん、新田義雄の不審な挙動が、「京都出張」という言葉と関係があるとは、あたしはその時、まだぜんぜん気づいていなかった。

新田義雄は、時々風邪をひく。そのたびに有休を数日とる。まだ勤めて数年で有休がさほど多くないあたしたちなのだから、純粋の休暇としての有休の日数は、新田義雄にはほとんど残らないんじゃないかと、あたしは憶測している。

「だから、そんなにその男の動向が気にかかるって、やっぱり恋なんじゃないの」

森村が言っている。このところしょっちゅう森村に会うのは、森村が久しぶりに熱烈な恋愛をしているからだ。

「会わないでいる時間が耐えられないから、亜由《あゆ》に隙間《すきま》を埋めてほしい」

そう言って、日曜の午前九時から、とか、土曜の夜十一時から、とかいう妙な時間に、森村はあたしを呼びだす。あたしはいやいや出てゆく。もし出て行かなかったとしても、森村は五分おきに電話してきては、「隙間」を埋めようとするからだ。

「ちがうんだって。恋じゃないの。あのね、あたし発見したんだ。新田が風邪をひくのって、必ず京都出張の時なの」

京都？　森村は首をかしげた。ていうと、その新田って男は、京都出張をさぼりたくて風邪ひくってこと？

「うん。たぶん」

「でも、どうして？」

なぜ新田義雄が京都出張をそんなにも避けるのか。あたしの方が聞きたいくらいだ。

風邪と称して有休をとったあとに会社に出てくる新田義雄は、実際弱った様子をしている。だから、たまたまそれが京都出張と重なっただけで、ほんとうに風邪をひいていたという可能性だってあるのだけれど。でも。

「なんか、ものすごく怪しい気がするの」

やっぱりそれ、恋だな。森村は、賢《さか》しらにうなずいた。

ちがうよっ。あたしは言い、森村の携帯を奪いとった。待ち受けに恋人の写真を使っている森村は、いつもその携帯を握りしめ、わざわざそのためにはめている絹の手袋の指先で、常に恋人の顔をやさしくさすっているのだ。

「きもち悪いから、指先で恋人をまさぐるの、やめて」

その言いかた、エッチでいいねえ。森村は言い、嬉しそうに笑った。

そんなにも京都出張を避けていたはずの新田義雄と、あろうことか二人で京都に行くことになるとは、予想だにしていなかった。

もともとは、課長と二人で行くはずの出張だった。昼すぎに会社を出て夕方打ち合わせを一つこなし、一泊してから向こうで朝の会議に出席し、そのあと小売店を何軒かまわり夕方の新幹線に乗る、という予定だった。ところが、課長が突然盲腸になった。

一日めの夜は、京都のおばんざい屋さんの予約をとってあった（もちろん課長と行くのではなく、一人で行くのである）。おみやげは、会社には阿闍梨餅、森村にはよーじやのあぶらとり紙（携帯の画面を美しく保つために）と決めていた。課長はちゃんと部下との距離を適正にとれるタイプの人である。京都を楽しむのに、何の障害もないはずだった。

ところが、盲腸で病院に運ばれた課長のかわりに、新田義雄が急遽《きゅうきょ》その場でピンチヒッターとなってしまったのである。

新幹線の中で、新田義雄は青ざめていた。名古屋を過ぎたあたりからは、ふるえはじめた。そして、以前にも見たあの、不審な挙動。目の前を両手で何回もはらう身ぶり。

「ハエでもいるんですか」

何もいないことは知っていたが、あたしはいやみのつもりで聞いてみた。

新田義雄は、答えなかった。その後は、ぎゅっと目をつぶって座席にしずみこみ、ひたいに深くしわをよせていた。

京都に着いてからがまた、大変だった。どうしても新田義雄はちゃんと目を開けようとしないのだ。新幹線ホームの落下よけのフェンスにぶつかるわ、人に突き飛ばされるわ、エスカレーターを踏みはずすわで、しかたなくあたしは新田義雄の手をひいて歩くことにした。

「目の見えない人みたいですね」

あたしが言うと、新田義雄はふるふると首を横にふった。

「目が見えない方が、ずっとよかった」

ものすごくいやな気持ちになりますよ、それ、目の見えない人が聞いたら。あたしはお腹《なか》の中で言い返し、けれど口には出さず、かわりに新田義雄の手を乱暴にひっぱった。

京都本社に着くまで、新田義雄はついに目をちゃんと開こうとしなかった。本社ビルの自動ドアがしまると、はじめて新田義雄は体の力をぬいた。目を開き（まだ半分くらいだったけれど）、あたりを見回した。何回か、れいの不審な身ぶり――目の前を両手で大きくはらう――をしてみて、それからゆっくりと腕を下げた。

本社の人との打ち合わせが終わったのは、七時だった。おばんざい屋の予約は、八時である。早くホテルに行ってチェックインをすませ、新田義雄のことなどほうっておいて、シャワーを浴びよう。あたしは思っていた。

けれど、本社ビルを出たとたんに、新田義雄はふたたび目をつぶり、棒立ちになってしまった。

「江木《えぎ》さん、お願いです。ホテルまで連れていってください」

あたしはむっとした。いったいどのくらい世話をかければ気がすむのだ、この新田義雄という男は。

「タクシーに乗ったらどうですか、もし気分が悪いなら」

「タクシー」

新田義雄は叫んだ。ほとんど絶叫だった。近くを歩いていた人たちが、いっせいにふりかえった。あたしはあわてて新田義雄の耳に口を寄せ、

「連れていきます、連れてくから、静かにして」

と、早口で言った。

新田義雄は、静まった。そしてふたたび、目の見えない人のように、あたしに手を引かれて地下鉄に乗り、ホテルまで引っぱられていったのだった。

二人ぶんのチェックインをすませ（なにしろ新田義雄はホテルのフロントでもずっ

と目を閉じたままだったから）、新田義雄を部屋におしこんだあたしは、ほっと息をついた。これでもう、明日の朝まで新田義雄とかかわらずにすむ。

ところがどっこい、そうはいかなかった。

また、絶叫が聞こえてきた。

今ドアを閉めたばかりのシングルの部屋から、新田義雄がころがり出てきた。

「え、え、え、えぎ、ぎ、さ、さ、さん」

歯の根があわない、というのは、こういうのを言うのだろうか。新田義雄は床にひざをついてしまっている。そして、あたしに向かって何かを言おうとしているらしいのだけれど、なにしろ歯の根があっていないので、何が何やらさっぱりだった。しばらくあたしは、新田義雄を見下ろしていた。新田義雄のつむじは、ものすごくきれいだった。どんな人にも取り柄はあるものなんだなあ、とあたしは思った。

新田義雄は、そのあとあたしがどう説得しても、自分の部屋に戻ろうとしなかった。どうやら、そのシングルの部屋には、何かとてつもなく恐ろしいものがいるらしいのだった。

そういうわけで、今あたしは、おばんざい屋で新田義雄と二人で向かい合っている。

「お願いだから、目をつぶっちゃわないで」

あたしが頼んだので、新田義雄はおばんざい屋まで薄目で歩いた。おばんざい屋のおばんざいは、おいしかった。あたしはビールを頼み、新田義雄は焼酎《しょうちゅう》をストレートで注文した。新田義雄は、ほとんどチェイサーの水も飲まずに、どんどん杯をかさねた。

「そんなに飲んで、平気?」

あたしは聞いたけれど、新田義雄は、三杯めを飲みほすまで、無言だった。

「はあ」

ほんの少し頬をそめて、新田義雄はようやく声をだした。

「すみません、酔っぱらったから、少し、大丈夫になりました」

いったいどういうことなの。新田さんの部屋には、何がいたの。それに、目をつぶっちゃうのは、なぜ。もしかして、新田さん、霊感があるんだったりして。で、すごい怨霊《おんりょう》とか、見えちゃったりして。あたしはたたみかけた。

あたしも少し酔っぱらってきていた。霊感、なんてものを、あたしは全然信じたことはない。でも、ホラー映画を見たり怪談を聞いたりするのは、もともと好きだった。

「江木さん」

新田義雄は、驚いたように目をみひらいた。京都に来てから、たぶんいちばん大きく目を開いた瞬間だったろう。

「どうしてわかったんですか」

新田義雄のその言葉に、あたしの方が仰天した。

え？　霊感、あるの？　まのぬけた声で、あたしは聞き返した。新田義雄は、ゆっくりとうなずいた。

なにしろ、京都は怨霊のメッカだから。新田義雄は言うのだった。

メッカって、イスラム教の言葉でしょ。怨霊に使うと、たたられたりしない？

あたしのその言葉に、新田義雄はあわてて前後左右上下を見まわした。ことに、天井のあたりを、長い間見つめていた。

「ここにも、いるの？」

おばんざい屋は明るくて、とても怨霊だの亡霊だのがいそうには思われなかった。けれど新田義雄は大きくうなずいた。

「いる。いっぱい」

あたしも新田義雄のまねをして、前後左右上下を見まわしてみた。何も、見えない。

気配も、感じない。

「気のせいじゃないの？」

「ちがうよ。ほら、そこにも」

そう言いながら、新田義雄はあたしの背中をはらった。肩のあたりも。それから、最後に足もとを。一瞬だけ、体がすうっと軽くなった、ような気がした。それこそ、ただの気のせいかもしれなかったけれど。

それでも、新田義雄の顔色は、午後に京都に着いた時よりもずいぶんよくなっていた。おいしいおばんざいのおかげかもしれない。いつの間にか新田義雄がていねい語を使わなくなっているのも、おばんざいの効果だろうか。

最後にあたしたちは、かやく飯を注文した。あげに、にんじんに、しめじに、こんにゃくの入った、京の都のまぜごはん。

「これ生姜《しょうが》が入ってるね」

新田義雄は嬉しそうに言った。

「生姜、魔よけにでもなるの？」

「いや、ぼくが好きなだけ」

ホテルまで、新田義雄はちゃんと目を開けて帰った。もしかするとあたしの部屋に新田義雄を泊めてやらなきゃならないかもしれないと危ぶんでいたけれど、大丈夫だった。

「部屋に、まだ、怖いの、いるんじゃないの」

そう聞くと、新田義雄は何回かうなずいた。

「いるよ。でも、なんだか今夜は大丈夫そう。江木さんのおかげだな」

そりゃあよかった。あたしは言って、新田義雄の部屋のドアをしめた。しばらく様子をうかがっていたけれど、絶叫はきこえてこなかった。あたしは自分の部屋に戻り、浴槽にお湯をためて、ゆっくりと入った。

翌日、新田義雄はまた、あたしの手をしっかり握って本社まで行った。でも、目はつぶっていない。

「手、もういいんじゃない」

あたしが言うと、新田義雄は少し青ざめた。

「お願いです、江木さんと手つないでると、なんか、怨霊が遠ざかるんです」

またていねい語になっている。

しょうがないなあ、と言いながら、あたしは新田義雄とずっと手をつないでやった。

新田義雄の手は、ほんのりとあたたかくて、さらさらしていた。

無事に仕事を終え、あたしと新田義雄は京都駅に向かった。よーじやのあぶらとり紙も阿闍梨餅もちゃんと手に入れた。新田義雄が買ってくれたのである。

京都駅に入り、新幹線乗り場への通路まで行ったところで、ようやく新田義雄はあたしの手を離した。ここまでくれば、たぶん大丈夫。ありがとう、江木さん。

そう、新田義雄が言ったとたんだった。

どしん。

大きな衝撃がきた。何か、巨大なものが、体に乗っかってきた。

「ああっ」

新田義雄が叫んだ。

「ああっ」

あたしも、同時に叫んだ。

見えたのだ。あたしにも。それはたしかに、怨霊だった。眼や口や耳から血を流し、髪はざんばら、体じゅうに矢をつきたてた物凄《ものすご》い武士の姿である。あたしは絶叫した。新田義雄の絶叫の百倍くらいの声で。

「手だよ、手をつないで」

新田義雄が言っている。あたしはがたがた震えながら新田義雄にすがるようにして手を握った。怨霊が、少しずつ薄くなってゆく。

やがて怨霊は、消えた。

「何、いまの」

「今回の京都では最大だったな」

「だから、何よ」

「信長、だと思う」

新幹線のホームまで、あたしと新田義雄は走った。やってきた新幹線はこだまだったけれど、あたしたちは迷わず飛び乗った。

「で、どうなのよ、東京には怨霊、いないの？」

森村が聞く。東京にも、怨霊はたくさんいる。ただ、京都の怨霊が古代からの怨霊とまじりあってどんどん力を増すのに対して、東京の怨霊はちりぢりばらばらな傾向があって、一つ一つの存在は薄い。

「亜由もついに霊能者か」

「ちがうよ、新田義雄に聞いたこと言ってるだけ」

「その後、手はつないでないの」

「つながないよ、東京じゃ」

森村は、ため息をついた。べつに、怨霊のせいじゃない。森村の熱烈な恋は、あれからすぐに終わってしまったのだ。せっかくあぶらとり紙、買ってきたのにね。あたしが言うと、森村はまたため息をつき、携帯の画面用じゃなく、自分用に使うからいいよ、と答えた。

「霊能者どうしの恋。すごいねー。でも、負けないよ、恋だったら」

「だから、恋じゃないって」

恋じゃないけれど、次の京都出張も新田義雄と行きたいものだと、あたしは願っている。新田義雄の手のあたたかみとさらさら具合は、悪くなかった。それに、実を言えば、あたしは後悔しているのである。せっかく信長の怨霊を見る機会だったのに、ただこわがるばかりだったことを。今度信長が出たら、思うさま、隅から隅まで、観察してやるのだ。

解説

壇蜜

少し前に住んでいた家の近所での話。米やそれに合うような乾物を売るその店は、閉店時になると「落書きするな」と大きく書かれたシャッターが下りる。その米屋を囲むように連なる商店街には、店主らが望んでもいないのに多くのシャッターや看板に謎《なぞ》の文言が描かれていた。人気の無い時間を狙《ねら》いスプレー塗料のようなもので描くらしく、消すのにはとんでもない時間と労力がかかるという。夜商店街に出向き、その迷惑な落書きが何と描かれているか調査しようとしたことがある。しかし私の乏しき想像力や理解力、センスを奮い立たせ集結させても判別できずじまいだった。落書きは遠目で見ると芋虫のようだったり、雲のようだったりと何となくモコモコしていたのは覚えている。「善からずな心を持つとまっさらなシャッターをモコモコさせたくなるのだろうか……」という結論に至った。恐らく正しくはないだろう。

落書きするな、と直接黒字で書かれた米屋のシャッターは他の落書きされたどのブツよりも目立っていた。恐らく米屋の関係者が書いたのだろう。もしかすると店主が「おかしな文言など描かれてたまるか」という気持ちを全開にして、止める奥方や店員たちをエエイと振りきり、返す刀で書いたのかもしれない。そこに文字は書かれている。しかし、「『どこの誰かも分からない善からずの連中に落書きされていないシャッター』を死守する」気持ちを保つことには成功している。だからこのシャッターには「何も描かれていない」。私は最初、米屋の願いや葛藤《かっとう》をぎゅうぎゅうとねじ伏せたような策が理解できなかったが、米屋近くの家から離れ3年ほど経過した今なら分かる。不可解で理由は見えにくかったその仕組みが分かってきたのだ。この本を読んだときに、あのシャッターに抱いた気持ちが甦《よみがえ》ってきた。多くのエピソードに対し、文章は短いのに経過する時間は長く、時の裾《すそ》のようなものがひらりとこぼれ落ち、読んだ者の気持ちと絡《から》まりズルズル引っ張りっこしている感覚になる。読んだ者が物語を捕まえようとする……でも、つかんでもそれは裾なので、「ああ、近くて遠い話だ」とホウッとため息が出る。心地よいため息をついた。

見ていないだけで、会っていないだけで、本当は「何か」は存在している。宇宙船はきっとあるし、小さい人もきっといる。というか、ある、いると思ってなければやってられないし、私は正気を保てないだろう。徳を積んで祖先に感謝しながら定期的に墓でも磨いていれば、本書のような体験はできると信じている。そして今の自分はあまりにも平凡すぎて、女の形を想像したり感情の動きをカウンターでカチカチ勘定したりしてこなかったことにも気づく。昔から「変わっているね」と言われるとどこか嬉《うれ》しい気持ちになったし、今も変わっている自分の部分に芸名をつけることで何とか自己保身をしている。それは何故《なぜ》か……やはり自分が平凡な女だからだろう。もうここまでこうして生きてきたので、あとは本を読んで「誰かの描いたストーリー」の力を使い、平凡さの上から精神的なコスプレでもするしかない。来世も人間でいけるのなら、もっと感受性豊かでそれを上手《うま》いこと換金できる者になりたい。ちなみに多くの女性の卵巣や子宮の上皮はつるっとしていて象牙《ぞうげ》のような色をしている。法医学の研究所で実物を見てきたので、これはお伝えできる。象牙色は女と親和性が高いといってもいい。

「恋をすると、誰でもちょっぴりずつ不幸になるよ。」と単行本の帯には書かれていた。思い当たる節がある。好きな者のことを考えている時間は思い詰めることでもあるので、そこまで幸せではないし、己の思い通りにならないことを楽しめない時もある。好きな者から連絡が来なくて何も手につかず、くよくよメソメソ非生産的な暮らしをしていた「ただの女」の私は帯を見て激しく頷《うなず》いた。しかしその不幸具合や苦しさがどれほどだったか詳しくはなかなか思い出せないでいた。喉元《のどもと》すぎれば……なんとやら、恋が終わる度に忘れてしまうのは幸せなのだろう。今は恋かどうか分からないが、目で追いかけてしまう者はいる。目で追っている時点ですでに体に悪い。老眼が始まっているので狙いが定めにくいのだ。集中力も落ちる。恋は心身ともに自分の慢心やダメさが露呈してしまうからよくない。……まあ、よくないけどするけどね。

恋がもたらす不幸の苦しみをどうすれば緩和できるか考えた。しかし、緩和すればはりあいも薄れるのではないかと思い直す。でも苦しすぎると暮らしに支障が出てくる……なんとかして頓服《とんぷく》のような手段はないかとただの女、私は考えた。結果、「広浅な噂《うわさ》やネットの世界に心をたゆたわせないこと」が遅効性頓服になると思った。手近な同意やアドバイスほど自分が求める世界から遠くてあてにならない。恋の不幸を和らげるのは不幸を独りでつつくことなのではないかと。つつき方はそれぞれ考えて欲しいが、この本を読むのも善き不幸のつつき作業になるだろう。つっつけ、不幸。つんつん。

（平成三十年四月、タレント）

この作品は平成二十五年十月、株式会社マガジンハウスより刊行された。

川上弘美著
ニシノユキヒコの恋と冒険
姿よしセックスよし、女性には優しくこまめ。なのに必ず去られる。真実の愛を求めさまよった男ニシノのおかしくも切ないその人生。

川上弘美著
センセイの鞄
谷崎潤一郎賞受賞
独り暮らしのツキコさんと年の離れたセンセイの、あわあわと、色濃く流れる日々。あらゆる世代の共感を呼んだ川上文学の代表作。

川上弘美著
古道具 中野商店
てのひらのぬくみを宿すなつかしい品々。小さな古道具店を舞台に、年の離れた4人のもどかしい恋と幸福な日常をえがく傑作長編。

川上弘美著
ざらざら
不倫、年の差、異性同性その間。いろんな人に訪れて、軽く無茶をさせ消える恋の不思議。おかしみと愛おしさあふれる絶品短編23。

川上弘美著
パスタマシーンの幽霊
恋する女の準備は様々。丈夫な奥歯に、煎餅の空き箱、不実な男の誘いに喜ばぬ強い心。女たちを振り回す恋の不思議を慈しむ22篇。

川上弘美著
なめらかで熱くて甘苦しくて
それは人生をひととき華やがせ不意に消える。わきたつ生命と戯れながら、恋をし、産み、老いていく女たちの愛すべき人生の物語。

新潮文庫最新刊

三浦しをん著
ビロウな話で恐縮です日記
山積みの仕事は捗《はかど》らずとも山盛りの趣味は無限に順調だ。妄想のプロにかかれば日常が一大スペクタクルへ！ 爆笑日記エッセイ誕生。

髙橋秀実著
不明解日本語辞典
「普通」って何？「ちょっと」って何？……。毎日何気なく使う日本語の意味を、マジメに深～く思考するユニークな辞典風エッセイ。

川名壮志著
謝るなら、いつでもおいで
—佐世保小六女児同級生殺害事件—
11歳。人を殺しても罪にはならない。だが愛する者を奪われた事実は消えない。残された者それぞれの人生を丹念に追う再生の物語。

六車由実著
介護民俗学という希望
—「すまいるほーむ」の物語—
ケア施設で高齢者と向き合い、人生の先輩として話を聞く。恋バナあり、涙あり笑いありの時が流れる奇跡の現場のノンフィクション。

NHKスペシャル取材班著
超常現象
—科学者たちの挑戦—
幽霊、生まれ変わり、幽体離脱、ユリ・ゲラー……。人類はどこまで超常現象の正体に迫れるか。最先端の科学で徹底的に検証する。

M・グリーニー
田村源二訳
欧州開戦（3・4）
戦いの火蓋は切られた！ 露原潜のタンカー轟沈、隣国リトアニア侵攻。本格化する軍事作戦を隠れ蓑にした資金洗浄工作を挫け！

猫《ねこ》を拾《ひろ》いに

新潮文庫　か－35－14

平成三十年六月一日発行

著者　川《かわ》上《かみ》弘《ひろ》美《み》

発行者　佐藤隆信

発行所　株式会社新潮社

郵便番号　一六二－八七一一
東京都新宿区矢来町七一
電話　編集部(〇三)三二六六－五四四〇
　　　読者係(〇三)三二六六－五一一一
http://www.shinchosha.co.jp

価格はカバーに表示してあります。

乱丁・落丁本は、ご面倒ですが小社読者係宛ご送付ください。送料小社負担にてお取替えいたします。

印刷・株式会社精興社　製本・加藤製本株式会社

ISBN978-4-10-129244-1　C0193